다산과 함께한

경영자의 길

다산과 함께한 경영자의 길

초판 1쇄   2017년 1월 2일

지은이   윤영상
발행인   김재홍
편집장   김옥경
디자인   이유정, 이슬기
마케팅   이연실

발행처   도서출판 지식공감
등록번호   제396-2012-000018호
주소   경기도 고양시 일산동구 건달산로225번길 112
전화   02-3141-2700
팩스   02-322-3089
홈페이지   www.bookdaum.com

가격   12,000원
ISBN   979-11-5622-258-3 03810

CIP제어번호   CIP2016031954
이 도서의 국립중앙도서관 출판도서목록(CIP)은 서지정보유통지원시스템 홈페이지
(http://seoji.nl.go.kr)와 국가자료공동목록시스템(http://www.nl.go.kr/kolisnet)에서
이용하실 수 있습니다.

윤영상 지음

다산과 함께한

경영자의 길

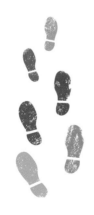

지식공감 도서출판

진취적 기상과 따뜻한 인간성의 만남

윤영상 회장, 그는 저의 고등학교 동기 동창 친구이면서 지금까지도 모임을 같이하는 등 평생을 함께해온 친구입니다. 만나면 언제나 다정하고 넉넉한 인품으로 친구들을 즐겁고 편안하게 해주었습니다. 그가 이번에 그의 일생의 기록을 담은 자서전인 『다산과 함께한 경영자의 길』을 내놓게 되었습니다. 추천사 부탁을 받고 기꺼이 응하며 초고를 읽었습니다. 평생을 가까이 지내온 친구지만, 제가 미처 몰랐던 그의 면모를 더 알게 되었고, 많은 대목에서 진한 감동을 받았습니다.

그는 강진으로 유배 온 다산 정약용 선생의 제자인 윤종진 진사 어른의 6대 종손으로 명문 해남 윤씨 가문의 긍지를 갖고 있었기에 정약용의 실학사상과 선조들의 선비 정신을 늘 생각하며 살아왔습니다. 젊은 시절부터 사업을 하며 성공의 길을 걸어왔지만, 때로는 어려움을 겪기도 하였습니다. 그때마다 그는 다산 선생이나 선조들의 가르침에서 교훈을 얻어 사업을 경영하였고 사업 외의 세상살이에서도 마찬가지였습니다. 자서전을 쓰게 된 동기도 이런 것들을 자식들이나 후배들에게 전해주

고자 하는 데 있는 것 같습니다. 국내는 물론 중국, 미국, 개성
공단, 베트남 등지에서 진취적으로 사업을 개척해나가는 모습
은 감동의 스토리입니다. 또한, 장만기 선생이 이끄는 인간개발
연구원의 공부 모임을 통하여 꾸준히 자기개발에 힘쓰며 조순
부총리 등 훌륭한 인사들과 교유하며 지혜를 얻어가는 과정도
끊임없이 노력하는 그의 면모를 보여줍니다.

　뿐만 아니라 다산 선생을 중국에 알리기 위한 그의 다양한
노력은 우리나라와 선조들에 대한 긍지의 소산입니다. 부인에
대한 고마움과 자식들에 대한 사랑이 물씬 풍겨나는 이야기
는 우리를 따뜻하게 합니다. 투병 중인 그의 글이기에 마음 한
편으로는 안타깝고, 그러기에 더욱 소중한 내용들입니다. 그의
쾌유를 빌어 마지않습니다. 그리고 그의 진취적 기상과 따뜻한
인간성이 후손들에게 면면히 이어지기 바랍니다. 많은 분들의
일독을 권합니다.

김황식(전 국무총리)

격동기 한국 기업사의 증언

막역지우 윤영상 다산 회장을 처음 만난 때가 고등학교 입학 직후인 1966년이었으니 반세기가 훌쩍 지났습니다. 이번에 투병 하면서 자신이 살아온 역정을 정리한 『다산과 함께한 경영자의 길』을 펴냄에 하사(賀詞)를 쓰게 되니 저도 지나온 세월을 되돌 아보게 됩니다.

광주과학기술원 총장으로 재직하고 있던 2006년 여름 처음 으로 다산초당을 찾은 적이 있었습니다. 초당을 둘러보고 내려 오는 길에 윤 회장 어머님을 찾아뵈었습니다. 50여 년 전 한 번 뵌 적이 있었던 30대의 어머님은 할머니가 되어 있었습니다. 아 들은 서울에 있는데 아들 친구가 귤동에 찾아왔다고 즐거워하 셨습니다.

다산초당 가는 산길 초입에 있는 묘소가 윤 회장 선대 할아 버지 한 분의 유택이고 이분이 다산의 제자였음을 짐작하고는 역사와 현실이 하나임을 실감하였습니다. 다산초당을 마련해준 분이 윤 회장 선대이니 오늘날 민족의 학문적 유산인 다산학이 있게 된 데에는 윤 회장 가문의 공이 큽니다.

다산 정약용 선생의 가르침이 선대 할아버지에게 윤 회장에게 전수되었음은 평소 대화를 통해 알고 있었습니다. 그러나 다산의 가르침을 현실에서 철저하게 실천하였음은 이번 책을 통해 알게 되었습니다. 가르침은 지식이지만 지식을 실천하는 것은 쉽지 않습니다. 아마도 다산의 가르침을 진정으로 실천하려고 노력한 사람이 윤 회장일 것입니다. 살아 숨 쉬는 가르침이 전해지는 것은 가문의 축복입니다.

윤 회장은 고상한 담론보다는 현실에서 활용할 수 있는 산지식을 끊임없이 추구해온 사람입니다. 그리고 학습 능력이 뛰어납니다. 학교에서 배운 지식보다는 필요에 의해서 공부하는 폭넓은 지식이 현실을 정확하게 인식하고 미래를 내다보는 데 필요합니다. 책에 나타나 있는 윤 회장의 학습 과정은 젊은 경영자들에게 어떻게 공부해야 하는지를 알려주는 소중한 사례입니다.

역사는 '미래와의 대화'라고 합니다. 국가와 민족의 역사뿐만 아니라 개인사도 역사의 한 자락입니다. 윤 회장의 책은 자신과 후손과의 대화가 될 수 있습니다. 또한, 후배 기업가들과의 대화일 것입니다. 바른 역사는 누구에게나 소중합니다. 윤 회장의 책은 격동기 우리 기업사의 한 단면이 될 것입니다.

개인의 수명은 유한하지만, 기업의 수명은 무한할 수도 있습니다. 윤 회장이 일군 기업에 다산의 가르침이 스며들고 체화되어 영원한 기업으로 발전하기를 기대합니다.

책을 출판한 윤 회장에게 다시 한 번 축하드리고, 쾌유를 기원합니다.

2016. 12.

허성관(전 행정자치부 장관/해양수산부 장관)

格物致知 誠意正心 修身齊家 治國平天下
격물치지 성의정심 수신제가 치국평천하

사물의 이치를 통찰해 지식을 알고 생각을 성실히 하고 마음을 바르게 가진 후, 자신의 몸을 다스리고 집안을 바로잡은 후 나라가 다스려져야 천하가 평안해진다.

주자의 성리학과 왕양명의 양명학의 공통점은 성인이 되는 것이 목표. 위기지학(爲己之學), 즉 나를 발양하기 위한 학문이고, 차이점은 성리학은 먼저 알아야 행하게 되고 양명학은 지행합일(知行合一), 즉 아는 것과 행하는 것은 하나라는 것이다. 다산 정약용은 양명학을 받아들인 실학사상을 주창하고, 그가 성리학을 중시하는 당파의 모함을 받았다. 결국, 정조대왕의 사랑을 받았던 정약용은 18년간 강진에서 유배 생활을 하게 되었다. 500여 권의 책을 집필하고 한국의 근대화에 선구자가 되었다. 전화위복의 좋은 예이다.

윤영상 회장이 자서전으로 집필한 『다산과 함께하는 경영자의 길』을 읽어보면 양명학의 지행합일과 천인합일(天人合一)의 실학사상이 함축된 다산의 사상을 역력히 읽을 수 있다. 예를 들면, 다산금속이 IMF 사태로 도산지경에 빠져 있을 때 "나를 다시 일으켜준 것은 다산 선생님이었다."라고 하며 "아침 볕을 받는 곳에서는 저녁 그늘이 먼저 들기 마련이고, 일찍 피는 꽃은 빨리지는 법이다. 바람은 이리저리 옮겨 불어 한시를 멈추는 법이 없다. 큰 뜻을 품은 사람은 한순간 좌절했다고 청운의 뜻을 꺾어서는 안 된다. 사나이의 가슴에는 가을 매가 하늘을 박차고 오르는 듯한 기상이 있어야 한다. 눈은 세상을 작게 보고 손바닥은 우주를 가볍게 보아야 한다." 이렇게 적고 있다.

필자는 운영상 회장이 본문의 여러 곳에서 적고 있듯이 1987년 이래 인간개발연구원을 통해서 남다른 관계를 맺어왔다. 한때 사외이사를 맡는 등 가족처럼 가까이 지내왔지만, 이번에 낸 자서전을 통해서 젊은 나이에 독서실과 테니스장 창업으로부터 세계적인 수출 기업, 다산금속공업이란 중견기업으로 성장시키기까지 얼마나 험난한 기업 경영자의 생활을 해왔는지 자세하게 알게 되었고, 매우 놀랐다. 새삼 '기업가정신'이란 무엇인

가를 실감하게 되어 윤영상 회장에 대한 존경심을 새롭게 갖게

되었다. 기업 경영이 어려웠던 굴곡의 바다에서 윤영상 회장을

지켜주신 분이 아버지, 어머니 그의 장인어른이기도 했지만, 정

약용 선생의 다산 정신이 얼마나 큰 것이었는지를 통감할 수 있

었다.

청도다산금속 창립 10주년에 우리 인간개발연구원에서 조순

전 부총리, 박세직 전 올림픽위원장 등 60여 명이 축하하기 위

해 참여했을 때, 『목민심서』를 중국어로 번역해서 모든 참가자

들에게 선물로 드렸던 정신적 배경도 이제야 바로 알게 되었다.

그 당시 칭다오시가 유치원, 초등학교 어린이부터 칭다오 시장

과 공산당 고위층에 이르기까지 청도다산금속과 윤영상 회장

에게 보내준 예우와 분위기는 놀라웠다.

중국에서 일어난 급격한 기업 환경 변화를 다산파이프 사업

이 시대 변혁을 잘 읽지 못하고 내린 결정, 한국 정부의 개성공

단 폐업 결정의 정책 실패 등이 다산금속의 세계적인 꿈을 크

게 펴나가는 것을 막고, 지난날 IMF 사태를 겪으면서 되살린 기업 성장력을 꺾고 말았다. 하지만 베트남으로 새로운 출구를 마련, 앞으로 재기할 개성공단, 그리고 새로운 도전으로 이어지는 기업 혁신은 다산금속을 다산 정신의 기업가 정신으로 나타나 윤영상 회장의 기업가의 큰 꿈을 재현할 수 있기를 두 손 모아 기도를 드리고 싶다.

끝으로, 윤영상 회장의 가족 사랑의 정신과 행당공을 비롯한 윤씨 가문의 빛나는 역사와 가문을 숭상하는 마음이 한국의 전통문화와 역사를 활성화시키는 데 크게 기여할 것으로 기대한다. 평소 윤영상 회장은 "나의 가장 큰 행운은 아내"라고 말했다. 최귀재 사모님이 어느 지인에게 남긴 남편 윤영상에 대하여 한 이야기는 다음과 같다. "남편은 말을 함부로 하지 않는다. 말을 하면 반드시 책임을 진다. 그래서 나는 남편을 믿을 수 있다. 아무리 속상하고 힘들어도 자기 가족 험담을 하지 않고, 만취해서도 말실수를 절대 하지 않는다. 회사 직원들을 진

심으로 대하고 회사를 위해 최선을 다한다. 남편은 진실한 사
람이다."

이러한 수신제가의 정신이 다산금속을 그리고 윤영상 회장을
오늘에 이르도록 성장시켜온 것이라 믿는다.

장만기(인간개발연구원 회장)

다산(茶山) 정신이 대한민국의 희망이다

다산 정약용 선생은 우리 민족의 영원한 스승이다. 윤영상 회장님은 경영과 삶을 통해 다산 정신의 진가를 보여주셨다. 회장님의 자서전은 기업가로서의 고뇌와 기쁨과 아쉬움을 담고 있다. 치열한 기업 현장에서 원칙과 철학을 간직하며 활동하는 모습을 생생하게 볼 수 있다. 다산 선생이 강진 유배 시절에 제자들을 가르칠 때 회장님의 조상이 문하생으로 사랑을 받고 자라 그 피가 흐르고 있음을 느낄 수 있다.

이 책은 기업인의 도전정신이 돋보인다. 창업자는 아무나 하는 게 아니다. 과감한 도전정신과 결단력과 용기가 필요하다. 회장님은 그 모습을 잘 보여주고 있다. 또한, 회사가 IMF 때 화의신청을 한 것을 통해 한국 기업의 아픔을 본다. 동시에 극복하는 마음과 비결을 읽을 수 있다. 회장님의 순수한 마음이 기업을 회생시켰다.

다산 선생이 18년 동안의 유배 생활을 원망하거나 허송하지 않고 오히려 "유배 왔으니 공부할 수 있는 기회가 생겼다."며 역경을 극복하여 500여 권의 책을 저술했다는 사실이 감동적이다. 어려움에 처했을 때 위기를 기회로 만든 비결을 다산 정신에서 배웠다는 고백이 인상적이다.

중국에 진출하여 한국 기업의 위상을 높이고 한중 외교에도 크게 기여했다. 다산 선생의 『목민심서』를 중국어로 번역하여 보급하는 애국정신도 아름답다. 개성공단에 토지를 구입하였음에도 불구하고 공장을 가동하지 못한 아쉬움이 그대로 전해오는 것을 느낀다. 베트남에 진출하여 새로운 돌파구를 찾는 모습에서 영원한 기업가정신을 발견하게 된다. 우리나라가 산업화와 민주화를 동시에 이룬 나라로서 한류 열풍이 전 세계를 놀라게 하는 것도, 따지고 보면 회장님과 같은 기업가들이 개척정신으로 길을 닦아놓은 덕택이다.

회장님은 다산 선생처럼 끊임없이 공부하는 기업인이다. 인간개발연구원 조찬 모임에 쉬지 않고 참석하면서 공부하셨다. 바쁜 경영을 하면서도 공부하는 현장에는 늘 회장님이 계셨다.

에세이클럽에도 기쁜 마음으로 오셔서 참가자들에게 기쁨과 희
망을 주고 아름다운 사람들의 좋은 모임으로 이끌어주셨다.

회장님은 늘 겸손한 자세로 살아가셨다. LMI 리더십을 직원
들에게 도입할 때도 과감한 교육 투자를 하셨다. "좋은 리더십
프로그램이면 빨리해야 한다."며 즉시 결단해주시던 모습이 눈
에 선하다. 인재를 아끼고 사랑하는 마음이 넘쳐나셨다. 참가
자들도 회장님의 깊은 뜻을 깨닫고 열심히 공부하며 배운 것
을 실천하기 위해 노력했다. 필자에게도 늘 격려해주시고 용기
를 주셨다. 회장님은 항상 인간개발연구원의 행사에도 앞장서
서 도와주셨다. 주위 분들에게도 호탕하시고 겸손하신 모습이
었다.

이 책은 진솔하게 기록한 마음이 전반에 묻어난다. 어리석은
결정이었다고 스스로 인정하는 모습이 신선한 충격으로 다가온
다. 경영 활동을 하면서 아쉬웠던 결정들을 솔직하게 인정하고,
다시 길을 찾아 나서는 태도에서 구도자의 모습을 본다.

회장님이 추구하신 다산 정신을 기업을 통해 계속되리라 본
다. "내가 떠나도 내 후손과 나는 이 글을 통해서 연결될 것이
다." 회장님이 온몸으로 실천하려고 했던 다산 정신을 이미 기
업 활동을 통해 구체화되었다. 앞으로 자손들과 다산 가족이
다산 정신을 이어받아 계속되리라 믿는다. 다산 정신은 한국이
나아갈 방향을 제시해주고 있다. 기업인들이 온갖 어려움을 무
릅쓰고 5대양 6대주를 넘나드는 개척자의 모습을 실감할 수 있
다. 현재 한국 경제는 저성장이 고착화되면서 어려움을 겪고 있
다. 하지만 회장님과 같은 도전정신과 결단력이 한국 기업에 희
망으로 떠오른다.

뼛속까지 다산 정신으로 가득 찬 회장님의 삶을 보면서 공자
가 논어에서 설파한 "사무사(思無邪), 즉 생각함에 사악함이 없
다."는 말이 떠오른다. 회장님은 사업하면서 시인의 마음으로
직원들을 사랑하고 다른 사람들을 도와주는 사회공헌 활동에
도 앞장섰다. 회사의 경영철학을 '삼희삼락(三喜三樂)'으로 정하고

"나와 사회 그리고 나라가 즐겁고, 모든 사람이 즐거우며, 인재를 아껴 국가에 봉사한다."는 정신을 실천하기 위해 온몸으로 노력했다. 다산 정신과 그에 기초한 경영철학도 함께 어우러져 다산이 성장하고 발전해왔음을 본다.

진솔한 고백이 책에 빠져들도록 만든다. "동파이프 생산에 뛰어든 것은 내 인생의 가장 큰 실수였다. 나는 너무 교만했다. 좋은 일이 있을 때, 더 자세를 낮추고 겸손하게 조심해야 했다." 또한, 사업 결정을 할 때 선견지명과 결단력의 순간들이 탄성을 자아내게 한다. "저녁 식사 자리에서 공장 하나가 남으니 사라고 권유했다. 나는 그 자리에서 수락했다. 그것이 베트남 진출의 시작이었다. 그 당시에 베트남 공장 구매는 개성공단이 있었기 때문에 불필요한 선택일 수도 있었다. 하지만 개성공단이 폐쇄된 지금 베트남은 우리에게 유일한 기회의 땅으로 남게 되었다."

간결하면서도 핵심을 찌르는 표현이 읽는 기쁨과 속도감을 높여준다. 기업의 창업과 성장, 기업의 위기와 극복 과정을 실감 나게 느낄 수 있다. 다산 선생님이 옆에 계시면서 들려주는 이야기 같다. 가족들에 대한 사랑과 권면의 말씀도 깊은 여운을 남기며 가슴속으로 파고든다.

회장님의 경영 자서전을 가족과 다산의 임직원뿐만 아니라 기업인들과 장차 기업을 꿈꾸는 미래의 기업인들에게 추천하고 싶다. 다산 정신에서 대한민국의 희망을 본다. 다산 선생의 실학사상과 나라 사랑이 더욱 꽃피는 계기가 되리라 믿는다.

양병무(인천재능대학교 교수/전 인간개발연구원 원장)

내가 떠나도 내 후손과 나는
이 글을 통해서 연결될 것이다

의사가 말했다.

"파킨슨 같습니다. 하지만 파킨슨과는 다른 증상이 보입니다."

의사는 자신감 없이 '파킨슨 증후군'이란 병명을 들이댔다. 계단을 오르거나 몸을 일으킬 때, 어지러워 쓰러진 순간이 있었다. 과로나 과음 탓이겠지 했다. 파킨슨이라는 의사의 말을 의심했다. 뭔가 잘못 알았겠지 하면서 부정했다. 파킨슨이 자신과 주변 사람들을 얼마나 힘들게 하는지 직접 목격했다. 정밀 검사 결과도 마찬가지였다. 어떻게 해야 할지 난감했다. 내가 동정 받는 처지로 전락한다는 것을 도저히 받아들일 수 없었다.

처음에는 신약 개발로 회복될 수 있다는 믿음이 있었다. 하지만 점차 근육이 쇠약해지는 것을 느끼면서 얼마 남지 않았다는 사실을 절감했다. 나는 삶을 마무리 지어야 했다. 나는 '마무리'라는 단어와 친하지 않다. 나는 개척, 개발, 확장은 잘해도, 마무리는 영 시원치 않았다. 가장 못 하는 일을 하지 않으면 안 되는 운명에 처한 것이다.

나는 삶이 영원할 것처럼 중국 칭다오(靑島), 베트남 하노이,

개성공단으로 사업을 확장했다. 늘 새로운 기회를 찾기 위해 분주히 비행기에 올랐고, 일분일초를 아껴서 생활했다. 나는 일을 벌이고, 개척하는 것에 희열을 느꼈다. 그러나 삶은 이제 내게 인생을 정리하라는 운명의 짐을 지웠다. 사업을 정리해서 다음 세대에게 넘겨야 했고, 크고 작은 재산 문제를 처리해야 했으며, 내 삶을 아름답게 정리해야 했다.

자서전을 쓰기로 했다. 내 삶을 되짚어볼 필요가 있었다. 자녀들에게 물질적인 유산보다 정신적인 가치를 공유하고 싶었다. 내 실패와 성공의 경험이 우리 가문을 올바른 길로 이끌어주는 이정표가 될 것이라고 생각했다. 기업의 상속보다 중요한 것은 내 정신의 계승이다. 내가 쏟은 열정과 에너지가 다음 세대에도 이어져야 했다.

내가 이 세상을 떠나도 내 삶이 후손들에게 역사로 남아 교훈을 준다면 좋겠다는 바람이 이 책에 녹아 있다. 이 책의 페이지를 넘길 때마다 후손들이 나를 기억하고, 내 정신에 공감하기를 바랐다. 내 이야기가 그들의 삶의 좌표를 설정하는 데 조금이나마 도움이 된다면, 난 결코 떠난 것이 아니다. 그들의 삶에 내 흔적이 스며들게 될 것이라는 조그마한 기대가 이 글에 녹아 있다. 그 소망은 내게 큰 위로를 준다. 내가 떠나도 나는 내 후손 속에서 이 땅에 연결될 것이다. 내 후손과 나는 이 글을 통해서 연결될 것이다.

차 례

제1장

배움의 시작

―

굴송당

아버지

학교 공부 vs. 인생 공부

두 갈래의 길에서

근면하고, 근면하고, 또 근면하라!

―

공부를
시작하기 전에
먼저 올바른 태도, 말,
표정을 갖추는 것이
중요하다

귤송당

눈앞에 거칠 것이 없었다. 이 나지막한 언덕과 저 멀리 떨어진 강진만 바다는 숲, 논밭, 갯벌을 사이에 두고 마치 지적인 양 맞닿아 있었다. 붉은 노을은 푸른 바다 위로 넘실거렸고, 그 빛에 숨이 막혔다. 붉은빛, 주황빛, 노란빛, 파란빛이 교차하며 바다 위를 떠다녔다. 작은 섬들도 돛단배처럼 잔잔한 파도 위로 넘실거렸다. 아름다움에 눈이 멀었다. 강진만의 노을은 내 삶을 만들었다. 내 가슴에 형언할 수 없는 불을 붙였다. 할아버지 댁 귤송당 정원은 모든 것이 시작된 곳이었다.

• 나의 삶이 시작된 곳 귤송당.

고택 주변을 감싸는 나무들 사이로 시원한 바람이 내 얼굴과 겨드랑이를 상쾌하게 스쳐 갔다. 이마에 보송보송 맺힌 땀방울이 바람에 씻겨가자 정신이 맑아지는 듯했다. 만덕산 자락을 타고 내려오는 바람에 등이 시원해졌다. 나는 이곳이 마냥 좋았다. 이곳은 혼자 웃음 짓는 그런 곳이었다.

이곳은 내게는 놀이터이자 본가다. 하지만 이곳은 한국인들에게는 특별한 역사적 의미가 있다. 전라남도 강진 귤동마을! '다산초당(茶山草堂)'이라는 이름으로 유명한 곳이다. 한국을 대표하는 저술가 유홍준은 『나의 문화유산답사기』 1권 첫 장을 귤동마을 다산초당 이야기로 시작한다. 이곳은 한국적인 아름다움과 소중한 역사를 간직한 문화적 보고다.

정약용이 경상도 장기에서 유배 중일 때였다. 귀향 중인 학자에서 또 다른 비극이 닥쳤다. 천주교 신자 황사영(黃嗣永, 1775~1801)이 조선 정부의 천주교 박해 사실을 알리는 보고서를 외국에 보낸 사실이 조정에 발각된 것이다. 이 '황사영 백서사건'을 계기로 정조 치세에 천주교 신자들에 대한 대대적인 박해가 일어난다. 정약용과 정약전을 제외한 다른 형제들은 모두 죽임을 당한다. 정약전과 정약용은 흑산도와 강진으로 또다시 유배를 떠나야 했다. 강진에 유배 온 정약용은 강진읍 동문 밖의 늙은 주모가 내준 뒷방에서 가족 잃은 슬픔을 달래야 했다. 이 시기에 정약용을 가까이하는 것은 너무도 위험한 일이었다. 하지만 윤단(尹慱, 1744~1821) 할아버지는 위험을 무릅쓰고 다산에게 후학 양성을 부탁했다. 그리고 다산이 제자들을 가르칠 수 있는 강의 공간도 제공했다. 바로 그곳이 그 유명한 '다산초당'이다. 강진만과 흑산도가 한눈에 보이는 만덕산 중턱의 다산초당은 대학자 정약용이 실학을 집대성할 최적의 장소라 할 만했다. 정약용을 따르는 많은 제자들 가운데 다섯 살짜리 어린아이가 있었다. 그 아이가 비범함을 인정받아 다산의 사랑을 독차지한 윤단의 손자 윤종진(尹鍾軫)이었다. 윤종진 할아버지부터 시작해서 6대 종손이 바로 나, 윤영상(尹泳相)이다. 진사를 지내신 윤종진 할아버지의 종손인 나는 '진사댁 종손'으로 불렸다.

정약용은 윤종진 할아버지의 집터를 잡아주고, '귤송당(橘頌堂)'이라는 이름을 붙여주었다. 귤송당이 할아버지께서 사셨던 곳이고, 지금 어머니께서 계시는 내 본가다. 다산 선생님과 윤종진 할아버지의 흔적이 우리 집과 다산초당 곳곳에서 느껴졌다. 내가 거니는 곳곳마다 그분들의 글, 서신, 가르침, 그림으로 가득했다. 오래된 책장에서 나는 냄새는 나를 과거로 이끌었다. 안광이 선명했던 윤종진 할아버지가 옆에서 지켜보는 것 같았고, 다산 선생님께서 내게 삶의 가르침을 베푸시는 것 같았다.

나는 툇마루에서 「순암호기(淳菴號記)」를 뒤적거렸다. 순암(淳菴)이라는 두 글자는 내 마음을 뛰게 했다. 순암은 다산 선생님이 자신의 마음을 담아 애제자에게 선사한 호였다. 「순암호기」

는 다산 선생님이 할아버지에게 호를 주면서 쓴 글이다. 나는 그 글을 다산 선생님이 내게 주신 메시지로 받아들였다.

건강한 몸과 정신을 기르도록 하거라. 큰 뜻을 품고, 최선을 다하기를 바란다. 소박하고, 진실하게 사는 평범한 삶에 비범함이 있음을 기억하거라. 자신을 소중히 여기고, 진지한 삶을 살기를 바라는 내 마음을 담아 네게 순암이라는 호를 준다.

다산 선생님의 작명은 순암 할아버지의 삶에 대한 예언이었다. 그 예언은 역사가 되었다. 할아버지는 다산의 바람과 같이 실천과 지성을 겸비한 학자로 성장했다. 할아버지는 당대 지성인인 추사 김정희, 다산의 아들 정학연과도 교류하며 마음을 나눴다. 나는 그런 우정의 흔적이 담긴 서신들을 읽으며 당대 지식인들의 고민과 애환에 공감할 특권을 누렸다. 추사 김정희는 그 마음을 담아 할아버지에게 '보정산방(寶丁山房)'이라는 휘호를 써주기도 했다. "보물이 여기 있다."는 추사의 글은 민족의 보물인 다산 선생님이 다산초당에 있다는 말일 것이다. 하지만 다산초당 현판에 걸린 그 휘호는 내게 다산 선생님뿐만 아니라 윤종진 할아버지라는 보물도 함께 있다는 의미로 읽혔다. 할아버지는 대다수 지식인처럼 글에만 묻혀 계신 분이 아니었기 때문이다. 조선 말기 왜구의 침략이 있을 때, 의병을 거사하여 조선의 민초를 지키고자 분연히 일어섰다. 나는 그 기백을 잊을 수 없다. 내 가슴에 아로새겨진 그 패기와 용기는 사업상 위기에서 나를 지탱해준 힘이기도 했다.

　다산 선생님이 윤종진 할아버지의 학업을 격려하고자 쓰셨던 글은 내게 공부가 무엇인지 알려주었다. 공부가 단순한 지식의 증가가 아니라 인격을 성장시키는 과정이었다. 나는 지금도 이 말씀을 가슴에 새긴다.

　　독서할 때 큰소리치면서 잘난 체하고 떠벌리는 것은 인격적인 성숙에 도움이 되지 않는다. 차분하게 글을 소화해서 자기 것으로 만들어 되새긴다면, 더 성실하고, 깊이 있는 사람으로 성장할 수 있다. 여기에 아름다움이 있다.

　내가 귤송당을 방문할 때마다 할아버지, 할머니는 나를 유독 아껴주셨다. 주위 어른들도 내 일거수일투족에 관심을 보이며 어른처럼 대접해주셨다. 처음에는 그것이 마냥 좋기만 했다. 하지만 집안의 역사와 내력에 관해 배우고, 시제(時祭)에 참여하면서 종손이라는 자리가 내가 평생 짊어져야 할 짐이라는 사실을 깨닫게 되었다. 귤송당이라는 우리 집의 이름에 걸맞게 학문에 정진하고, 그것을 내 구체적인 삶 속에 실현해야 하는 책임이 내 두 어깨에 지워져 있었다. 나는 다산이 두 아들에게 보낸 편지에서 했던 말을 언제나 마음에 새긴다.

공부를 시작하기 전에 먼저 올바른 태도, 말, 표정을 갖추는 것
이 중요하다. 이런 자세 없이는 능력이 출중해도 오래 서 있을
수 없다. 이런 올바른 자세 없이 능력만 있는 사람은 세상을 어
지럽히는 거대한 악이 되고 만다.

나는 학자가 아니라 사업가가 되었다. 하지만 사업의 길도 배
움의 길과 다르지 않았다. 항상 더 공부해야 했고, 내 태도를
가다듬어야 했다. 다산 선생님과 귤송당의 가풍이 아니었다면,
나는 돈만 좇는 자본가가 되었을지도 모른다. 하지만 다산 선생
님으로부터 배운 가르침 덕택에 사람을 가슴에 품는 기업가의
길을 걷게 되었다.

귤송당에서 다산초당으로 가는 길은 좁은 산길을 오르는 과
정이었다. 빽빽하게 하늘을 뒤덮은 울창한 나무들 아래로 조심
조심 발을 내디뎠다. 나는 윤종진 할아버지가 어린 나이에 걸었
던 그 길을 다시 걸으면서 배운다는 것이 얼마나 삶을 풍요롭게
하고, 인간을 성숙하게 하는지 생각해본다. 다산초당에서 팔베
개하고 누워서 다산 선생님과 진사 할아버지처럼 덕을 쌓고, 이
름을 높이겠다는 꿈을 꾸곤 했다. 이제 지나놓고 보니, 학문이
든지 덕이든지 뭐 하나 제대로 이룬 것이 없다는 생각에 부끄

러워졌다. 하지만 이 배움의 길은 내 세대에서 끝날 길이 아닐 것이다. 내 후손들이 해남 윤씨 집안의 정신을 가슴에 품고, 더 배우고, 성숙해서 풍요로운 삶을 살 것을 기대하기 때문이다.

2007년 10월 5일, 귤송당 정원에 아름다운 음악 소리가 가득했다. KBS의 오정연 아나운서가 진행하는 〈찾아가는 음악회〉가 열린 것이다. 마림바, 국악, 뮤지컬, 금관 5중주의 화음은 귤송당의 고즈넉한 분위기에 자연스럽게 스며들었다. 우리 가족뿐만 아니라 500여 명의 강진 군민들이 모여 특별한 경험을 했다. 그 음악 소리에서 다산 선생님, 윤종진 할아버지의 친근한 음성이 들리는 듯했다. 〈찾아가는 음악회〉와 만난 가을 저녁의 귤송당은 우리 모두가 하모니로 하나가 됨을 확인하는 곳이었다. 귤송당 고택과 다산초당에 스며든 과거의 역사가 음악을 타고 현재와 만나는 신비로운 순간이었다.

• 귤송당 앞마당에서 열린 KBS의 〈찾아가는 음악회〉.

아버지

　아버지께서 세상을 떠나셨다. 그 순간, 내가 알고 있던 세계가 무너졌다. 내 마음도 무너져 내렸다. 이제 나 홀로 우리 집안의 짐을 짊어지고 걸어야 한다는 외로움이 밀려왔다. 아버지의 부재가 이렇게 큰 고통과 슬픔으로 다가올지는 상상도 못 했다. 아버지와 내 관계가 썩 좋지만은 않았기 때문이다. 하지만 그분이 존경할 만한 인생을 사셨다는 사실만은 부정할 수 없다. 아버지는 광주농고를 졸업하신 뒤로 평생 농협에서 근무하셨다. 탁월한 업무 능력, 결단력, 성실성, 언변, 판단력 때문에 주위에 칭찬이 자자했다. 7남매 모두를 대학에 보내기 위해서 직장 생활과 별도로 양조장까지 경영하셨던 그분의 책임감, 성실성, 유능함, 추진력은 타의 추종을 불허했다.

　내 성격은 아버지와는 너무도 달랐다. 나는 틀에 맞춰 사는 것이 싫었다. 늘 남과는 다르게 생각했기 때문에 나만의 길을 가고자 하는 욕구가 강했다. 내 안에는 억제할 수 없는 자유로움과 기발함이 있었다. 항상 가장 적은 노력으로 최대의 결과를 찾기 위해 머리를 굴렸다. 아버지처럼 단순하게 살 수는 없었다. 내 융통성, 자유로움, 상상력은 조직 생활에 최적화되신 아버지 눈에는 미성숙, 무책임, 자기 합리화로 비쳤다. 아버지는 내 불성실을 나무랐고, 좀 더 통제하고자 하셨다. 상상과 꿈을 즐기는 나를 못마땅해 하셨다. 내가 종손의 책임과 소임을 다할 수 있을지 미심쩍어하셨다. 아버지는 나를 더 혹독하고 엄하게 다스렸다. 아버지의 질책 앞에서 나는 한마디 말대꾸도 할 수 없었다. 아버지의 강력한 기운에 눌려 기를 펼 수 없었다. 그만큼 말수가 줄어들었다. 탁월한 아버지는 내게 큰 짐이자 부채였다.

아버지는 새벽 5시에 군대 병영의 소대장처럼 자식들을 깨우셨다. 아버지의 음성은 기상나팔이었다. 새벽같이 일어나 학업에 정진하여 다산 선생님과 같은 사람이 되어야 한다고 하셨다. 유독 아침잠이 많은 내게 아버지의 기상 명령은 고문이었다. 몰래 이불 속으로 들어가면, 아버지는 나를 번쩍 들어 올렸다. 그리고는 나를 드럼통의 얼음물 속으로 내던졌다. 그 찬물 속에서 나는 아버지에 대한 내 마음을 닫았다. 아버지 앞에서는 어떤 말도 하고 싶지 않았다. 그것이 아버지가 나를 사랑하는 방식이었을 것이다. 하지만 이런 경험들이 내게는 깊은 상처를 남겼다.

내가 부모님과 함께 여수에 살던 때의 일이다. 아버지는 초등학교 3학년이던 내게 동생을 데리고 강진에 있는 할아버지 댁을 찾아가라고 말씀하셨다. 비록 여수에서 버스를 태워주기는 하셨지만, 버스가 강진에 도착할 무렵에는 이미 해가 져서 캄캄한 밤이 되었다. 어둠 속에서 할아버지 댁을 찾아갈 생각을 하니, 등에서 땀이 흐르기 시작했다. 동생은 내 맘도 모른 채 새근새근 잠들어 있었다. 그때 아버지의 명령을 왜 거절하지 못했을까 하고 후회하기를 수백 번 반복했다. 어린아이에게 이렇게 힘든 여정을 강요한 아버지가 원망스러웠다.

마침 그때 어른 한 분이 귤송당 손주가 아니냐며 다가오셨다. 그분은 이렇게 깊은 밤에는 어른도 정류장에서 고개를 넘어 귤송당까지 갈 수 없다고 하셨다. 그리고는 우리의 손을 잡고 자신의 집으로 데려가셨다. 우리 앞에 저녁상이 차려졌다. 수저를 들어 밥을 입안으로 넣었다. 밥알이 내 온몸에 스며드는 것 같았다. 그처럼 따스하고 맛있는 밥은 내 인생에 없었다. 내 근심, 걱정, 원망, 두려움이 그 하얀 밥과 함께 녹아내렸다. 배가 불러오자, 나도 모르게 깊은 잠에 빠져들었다.

하지만 새벽이 되자 나도 모르게 번쩍 일어났다. 우리 때문에 노심초사하실 할아버지와 할머니가 떠올라 새벽같이 일어난 것이다. 한시도 지체할 수 없었다. 동생의 손을 잡고 아버지와 걸었던 기억을 되새기며 길을 나섰다. 기억을 더듬으며 걸었지만, 같은 길을 뱅뱅 돌며 이리저리 헤매기를 반복했다. 우는 동생을 어르기도 하고 업어가면서 두려운 내색을 하지 않으려고 이를 악물었다. 걷고 또 걷기를 얼마나 했을까. 어느 순간 할아버지 댁 대문이 멀리서 눈에 들어왔다. 그 순간 다리에 힘이 풀리면서 긴 여정이 영화필름처럼 뇌리를 스쳐 갔다. 알 수 없는 눈물이 흘렀다. 깊고 어두운 터널을 통과한 사람만이 느낄 수 있는 경이감, 기쁨, 성취감, 자긍심이 찾아왔다. 이때 인내하면서 기다리면 좋은 일이 찾아온다는 신념이 생겼다. 가장 공포스럽고 난감했던 여행이 가장 큰 축복의 기억으로 남는 순간이었다. 아버지는 아들이 스스로 길을 찾아가기 원해서 그 긴 여정을 스스로 걷도록 하신 것이었다. 아버지에 대한 원망이 깊은 감사로 바뀐 순간이기도 했다.

이렇게 엄한 아버지의 훈육만 있었다면, 나는 견디기 어려웠을 것이다. 하지만 할아버지는 따스한 손으로 나를 잡아주셨고, 그 넓은 가슴에 품어주셨다. 나는 할아버지께서 나를 얼마나 소중히 여기는지 마음으로 느꼈다. 할아버지 손을 잡고 다산초당 아래 계곡에 걸어갔다. 할아버지는 어린 손주의 옷을 찬찬히 벗기시고 따스한 손으로 내 몸을 구석구석 씻겨주셨다. 그 촉감, 시원함, 따뜻함, 정감, 사랑은 지금도 내 가슴에 살아 있다. 할아버지는 엄한 가정환경에서도 내가 피할 수 있는 쉼터였다.

나는 아버지처럼 권위적인 가장이 되지는 않겠다고 스스로 다짐했다. 하지만 나와 자녀들과의 관계는 자랑할 만한가. 강압

적이고 권위적인 가부장제에 대한 반감 때문에 민주적이고 수평적인 관계를 맺고 싶었다. 하지만 내 양육 방식은 참여적이거나 민주적이라고 말하기에는 부족했다. 자녀들에 대해 너무 방임했고, 훈육에 있어서 너무 말을 아꼈다는 사실을 인정할 수밖에 없다. 내 후손들은 적절한 권위로 아이들을 양육했으면 좋겠다. 그리고 참다운 권위는 자녀들의 의견과 감정에 공감하는 과정에서 나온다는 사실을 기억하기를 바란다.

• 아버지, 어머니.

학교 공부 vs. 인생 공부

광주제일고 입학시험에 떨어졌다. 당시 내가 다녔던 광주서중
은 명문고 합격률이 높은 학교였고, 내 평균석차도 무난한 합
격이 예상되는 수준이었다. 그래서 나뿐만 아니라 주변 사람들
모두 쉽게 합격하리라 확신했다. 아무리 명문고 입시라지만 떨
어지리라고는 상상도 못 했다. 나는 수학에 재능이 있었다. 정
말 어려운 문제는 내게 지적인 도전이었다. 이리저리 생각해보
고, 논리적 사고를 통해 풀어내는 과정이 너무도 즐거웠다. 그
리고 상상력을 발휘해서 남들은 생각해보지도 못한 기발한 아
이디어를 내고, 실행해보는 순간 살아 있음을 느꼈다. 하지만
나는 꾸준하게 성실히 공부하는 능력은 갖추지 못했다. 인내하
면서 한자리에 앉아만 있는 것이 답답했고, 주어진 정보를 암
기만 하는 것이 한심스럽게 느껴지곤 했다. 입시 실패는 성실히
최선을 다하지 않은 채 내 머리만 믿고 자만하게 생활했던 내게
너무도 당연한 결과였는지도 모른다. 그런 아픔 덕택에 1년을
더 공부해서 원하던 광주일고에 입학했다. 거기에는 좋은 친구
들과 선생님들이 기다리고 있었다. 광주일고는 대법관, 감사원

장 등을 역임한 김황식 전 국무총리와 같은 걸출한 인재를 배출해내는 인재양성소였다. 나는 30년 넘게 광주일고 모임인 '입석회'에서 동문들과의 만남을 이어왔다. 특히, 고등학교에서 시작된 김황식 전 총리와의 만남은 지금까지도 변함없는 우정으로 남아 있다.

• 김황식 전 총리와 함께.

1975년 5월 24일, 광주일고와 경북고가 서울운동장에서 대통령배 고교야구대회 결승에서 격돌했다. 결승전에 오르는 과정 자체가 한 편의 드라마였다. 1회전에서 보성고를 만나 0 대 1로 밀리다 9회 말 역전 투런 홈런으로 승부를 뒤집기도 했다. 당시 광주일고 재학생 500명 이상이 선생님들과 함께 결승전을 관람하기 위해 상경했다. 2만의 관중이 운집한 서울운동장은 양

팀의 응원전으로 한껏 달아올랐다. 이날 우리 팀의 김윤환 4번 타자는 당대 최고 투수인 성낙수를 상대로 3연타석 홈런을 몰아쳐서 우승을 거머쥐었다. 경기장은 흥분의 도가니에 빠져들었고, 우리는 서로 얼싸안으며 열광했다. 경기 후에는 친구들과 술잔을 기울이며 승리의 기쁨을 나눴다. 그 순간은 지금까지 잊을 수 없는 가장 소중한 추억으로 남아 있다.

나는 교실에서 공부하는데 충실하지 못했다. 하지만 다양한 책, 사람들, 신문 등을 통해서 폭넓게 인생을 공부하는 데는 누구보다 열심이었다. 초등학교 때부터 한자를 찾아가면서 조간신문을 거르지 않고 읽었다. 그리고 라디오의 뉴스와 어르신들이 나누는 대화를 경청했다. 이승만 대통령의 사사오입개헌(四捨五入改憲)에 대한 뉴스는 찬성하는 논조의 기사들을 게재했지만, 주위의 어른들로부터 이를 비판하는 이야기를 들었다. 그 과정에서 방송과 신문이 보도하는 내용이 모두 사실은 아니라는 것을 깨달았다. 나는 항상 뉴스 이면에 감춰진 진실에 관심이 있었다. 진실을 찾기 위해서는 여러 가지 이야기를 듣고 비판적으로 검토해야 한다는 생각을 했다.

나는 역사책을 벗 삼아 살았다. 그리고 지도를 뒤적거리면서 알 수 없는 희열을 느꼈다. 과거의 인물에 대한 역사가들의 평가를 읽으면서 영웅도 관점에 따라 폭군으로 둔갑할 수 있음을 인식했다. 올바른 역사관을 가지고 사물을 있는 그대로 본다는 것이 얼마나 어려운지 어린 시절에 직감했다. 그래서 나는 당대 지성인들의 강연에 관심이 많았다.

광주일고에서 배운 수업 내용은 별로 기억에 남아 있지 않다. 하지만 외부 강사를 초빙한 특강은 내게 삶의 전환점을 제공했다. 하루는 당대 석학으로 인정받던 김형석 연세대 철학과 교수님이 방문하셨다. 교수님은 우리에게 이런 질문을 던졌다.

"인간은 어떤 존재일까요?"

그에 대한 내 답변은 극히 개인적이었고, 낮은 수준에 머물렀다. 하지만 교수님의 대답이 내 존재를 뒤흔들었다.

"우리는 이 세상에 내던져진 존재입니다!"

맞다. 나는 내가 원해서 이 땅에 나지 않았다. 내가 지금 이곳에 내 의지와 관계없이 존재한다는 사실이 너무도 분명했다. 갑자기 신세계가 열린 듯한 충격이 찾아왔다. 대한민국이라는 국가도, 내 부모님도, 윤씨 집안 종손도 내가 선택한 것이 아니라 내게 주어진 것이었다. 그 깨달음은 나 스스로 결단하고, 나만의 인생을 살아야 한다는 다짐으로 이어졌다. 우주와 소통한 듯한 충만감이 가슴에 몰려왔다. 우주와 대화하고, 에베레스트산 정상에서 세계를 내려다보는 호연지기(浩然之氣)의 마음이 생겼다. 나는 강진만 바다를 바라보면서 온 우주를 품에 안은 듯한 느낌에 빠져들었다. 깨달음의 신비와 기쁨이 몰려왔다.

나는 근면한 태도를 가지기보다는 머리를 써서 좀 더 편하게 살려는 게으른 마음이 있었다. 안병욱 교수님의 강연은 내 안일함을 일깨웠다. 내 모습이 바로 안 교수님이 언급한 일본 소설 나쓰메 소세키(夏目漱石, 1867~1916)의 『도련님』 속 주인공과 크게 다르지 않았던 것이다. 이불 속에 뒹굴면서 시간을 보내던 시골학교 교사인 주인공은 어느 날 이런 깨달음을 얻는다.

"이불 하나도 박차고 일어나지 못하는 사람이 무슨 일을 할 수 있겠는가?"

이것은 바로 나에 대한 이야기였다. 아침잠을 이기는 작은 습관에서 삶의 변화가 시작된다는 말을 가슴에 품고 조금씩 내 삶을 바꿔나가기 위해 노력했다. 또한, 안 교수님은 대영제국의 리더를 키워낸 산실인 이튼스쿨(Eton College)의 교육 철학을 말씀해주셨다. 그 말에 깜짝 놀랐다. 내가 집안 어른들에게서 듣고 자란 가르침과 조금도 다르지 않았기 때문이다.

약한 사람을 배려하라.
자신에 대한 긍지를 가지되 자만하지 마라.
공동체를 위해서 희생하는 용기를 가져라.
타인을 존중하라.

안 교수님의 도산 안창호 선생님과 함께 설립했던 흥사단(興
士團)에 관한 이야기는 흥미진진했다. 우리 민족의 참다운 자립
을 위해서 최선을 다하는 흥사단 활동이 우리의 마음을 뜨겁게
했다. '무실역행(務實力行)'이란 모토가 마음에 와 닿았다. "참다
운 마음으로 실천에 힘쓰자."는 말은 내게 너무도 필요한 가르
침이었다. 내 머리만 믿고 안일하게 생활하는 내 모습이 부끄러
워졌다. 그날 이후로 어려움을 이겨내고 실천하는 삶을 살겠다
는 의지를 굳게 세웠다. 나는 고진감래(苦盡甘來)를 믿는다. 인내
하고 최선을 다해 노력하면, 기쁜 일이 찾아오기 마련이라는 경
구가 내 신념이 되었다. 친한 친구들처럼 최고의 대학에는 입학
하지 못했지만, 경희대학교 경영학과에 입학해서 학업을 이어나
갔다.

나는 학교 공부보다 인생 공부에 집중하면서 살았다. 하지만
인생 공부를 해보니 학교 공부도 필요하다는 생각이 들었다. 그
래서 지금도 교육의 기회가 생기면 언제든지 달려간다. 내 후손
들도 학업과 인생 모두에서 좋은 배움의 기회를 얻기 바란다.
그리고 무엇보다도 그 기쁨을 누리며 살았으면 좋겠다.

두 갈래의 길에서

강진만 바다는 큰 뜻을 품는 요람이었다. 다산 선생님과 윤종진 할아버지의 가르침을 들으면서 큰 내게 나라와 백성들의 아픔에 공감하는 삶을 사는 것은 선택이 아니라 '소명'이었다. 관심의 테두리를 나를 넘어 이웃과 사회, 국가와 민족으로 넓혀가는 것은 내게는 너무도 자연스러운 일이었다. 그래서 나는 늘 정치에 관심이 많았다. 조간신문, 라디오, 어른들의 대화를 보고 들으며 생각의 폭을 넓혀갔다.

내가 경희대 상대에 입학한 뒤, 가장 먼저 한 일은 대학로 흥사단 본부를 찾아가 입단한 것이었다. 안병욱 교수님의 강의를 통해 도산 안창호 선생님을 처음 만났고, 도산 선생님이 세운 흥사단의 "우리 민족 스스로 힘을 길러서 나라를 바로 세우자."는 정신에 공감했다. 내 안에는 알 수 없는 열정과 목마름이 있었다. 무엇을 위해 희생할지 잘 알 수는 없어도, 민족과 국가를 위해 내 몸을 바치겠다는 의지만은 변함없었다.

내 안에 이런 열정이 있었기 때문에 나는 '재경강진학우회'의 회장을 맡게 되었다. 회장이라는 직책은 회원들과 모임을 위해 시간, 노력, 돈을 써야 하는 자리였다. 그런 희생에 비해 결과는 그리 만족스럽지 못했다. 어려운 처지에 있는 학우들을 돕기 위해서 강진에서 성공하신 분들의 후원을 받는 사업을 추진했다. 처음에는 잘 진행될 것처럼 보였지만, 누군가의 도움을 얻기가 그리 쉽지 않았다. 회장 일을 하면서 내게 정치력이 부족하다는 사실을 깨달았다.

나는 남들이 알아차리지 못하는 것을 간파하는 판단력과 상상력은 있었지만, 이를 다른 사람들에게 설명하고 설득해내는 능력은 부족했다. 그래서 나는 내가 주도적으로 결정하면서 다른 사람들에게 이익을 나누는 길이 내게 어울린다고 생각했다.

그때 내게 떠오른 것이 부모님께서 경영하셨던 양조장에서의 경험이었다. 부모님이 양조장을 인수하셨을 때, 나는 고등학생이었다. 당시 많은 사람들이 소주를 마셨는데, 무더위에 소주를 먹고 죽는 사람들이 적지 않았다. 그래서 소주 대신 막걸리를 마시려는 수요가 늘어났다. 막걸리 양조장 사업을 벌이기에 적기였다. 게다가 5·16 이후 쌀 막걸리가 금지되어 밀가루 막걸리를 마셨는데 원료인 밀가루 가격이 싸져서 여건은 좋았다. 밀가루가 미국에서 구호물자로 대량 유입되었기 때문이다.

이런 환경에서 사업이 번창했다. 처음에 부모님은 작은 양조장을 인수했지만, 나중에는 하루 100말 정도 나가는 상당히 큰 양조장으로 성장했다. 1960년대 초는 지금처럼 다른 산업이 발전하지 않은 농경사회였다. 정미소와 양조장, 극장이 3대 산업이었다. 아버지가 은행원이었으니 우리 집은 비교적 안정적이었다. 그래도 부모님은 당신의 자녀들뿐만 아니라 여덟 명이나 되는 형제들을 부양하기 위해서는 양조장의 수입은 필수적이었다.

어머니는 출근하시는 아버지를 대신해서 양조장 일을 맡아 보셨다. 종부로서 일 년에 열두 번이 넘는 크고 작은 제사를 지내는 어머니께서 양조장 직원들을 독려하며 생산을 하느라 고생이 많으셨다. 아버지는 퇴근 후에 어머니에게 그날 양조장 이야기를 듣고는 관공서에 갈 일이나 서류, 회계처리 등을 담당하셨다. 나는 대학생이 된 후에 양조장 업무와 관련해서 부모님의 심부름을 빈번하게 했다. 그러다 보니 양조장 사업이 돌아가는 구조가 눈에 들어왔다. 요즘은 생산 공정이 자동화되었지만, 그때는 사람의 손이 절대적으로 필요한 시대였다. 수요가 급증하다 보니 그에 맞춰서 생산량을 늘리는 것이 관건이었다. 일하는 사람의 마음을 얻는 것이 제일 중요했다. 어머니는 사람이 각자 스스로 열심히 하도록 그들을 믿어주고 인정해주는 독특한 능력이 있었다. 직원들은 그런 어머니를 잘 따르고 마음을 다해 일했다. 어머니는 상대의 장점과 선한 마음을 읽어내고, 그 장점을 칭찬해주는 따스함을 가지고 계셨다. 혹시 잘못을 하더라도 화를 내거나 야단치지 않고 다시 할 수 있도록 기회를 주고 믿어주셨다.

이런 어머니는 아버지의 교육 방식에 힘들어하는 내게 안락한 쉼터였다. 광주일고 입시에서 실패하여 재수할 때였다. 저녁 9시에 학원이 끝났는데 친구들과 당구장에서 놀다가 늦게 들어갔다. 그런 내게 어머니는 따스한 얼굴로 이렇게 말씀하셨다.

"눈 오는데 이렇게 늦게까지 공부하느라 고생이 참 많았겠구나!"

나는 죄송한 마음에 도저히 얼굴을 들 수 없었다. 그 후로 당구장에는 얼씬도 않고 열심히 공부했다. 내 책임을 묻고, 엄하게 벌하는 아버지와는 달리 어머니는 나 스스로 열심히 하도록 만드는 격려, 믿음, 인정의 리더십이 있었다. 한 번도 나를 나무라시지 않고 받아주신 어머니가 있었기에 지금의 내가 있는 것이다.

직원들의 식사를 정성껏 마련하고, 그 대소사를 챙겨주시는 모습을 보면서 나는 경영을 배웠다. 직원들은 그런 어머니를 진심으로 따르고 마음을 다해 일했다. 대학교 2학년 때 '사람경영'이라는 과목을 수강한 뒤에, 배운 것을 활용해서 우리 양조장 사업을 분석한 보고서를 작성했다. 그리고 그 리포트를 아버지께 편지로 보내드렸다. 「직원의 사기 진작과 일의 효율성과의 관계」라는 리포트는 직원들을 격려하고 동기 부여하는 것이 일의 성과로 이어진다는 내용을 담고 있었다. 아버지께서는 편지를 읽고 내게 말씀하셨다.

"장하다. 네가 다 컸구나."

아버지의 인정을 받으니 기분이 좋았다. 이때만 해도 아버지는 내가 사업을 하겠다는 꿈을 세워가는지 모르셨다. 하지만 가족들을 위해 부모님께서 시작하신 양조장 사업이 내 꿈을 잉태시킨 모태가 되었다. 무엇보다 내가 마음에 품은 경영자상은 어머니와 같이 이해하고, 공감하며, 지원하는 리더십이었다. 경영이 내 적성이라는 사실을 깨달은 순간, 너무도 기뻤다. 다산 선생님의 말씀이 떠올랐다.

사람이 자기가 좋아하는 일을 하게 되면, 처음에는 작은 싹이 트지만, 그 싹은 큰 나무가 되어 아름답게 번성한다.

어머니의 따스한 품이 없었다면, 엄격한 아버지 때문에 방황했을 것이다. 하지만 어머니는 언제나 내 피난처였다. 내 이야기를 경청하고, 나를 지지해주고 격려해주신 어머니! 어머니를 보면서 경영자의 꿈을 키웠다. 어머니에게 감사하다는 말씀을 충분히 드리지 못했다. 지금도 정정하신 어머니 앞에서 투병하고 있는 나는 불효자다. 어머니의 마음이 얼마나 무너지실지 나는 헤아릴 길이 없다. 어머니 덕택에 지금의 내가 있다. 삶을 갈무리하는 이 순간에도 어머니의 품은 내가 돌아갈 바로 영원한 고향이다.

근면하고, 근면하고, 또 근면하라!

유일한 박사는 중국인들에게 숙주나물 캔을 팔아 미국에서 성공했다. 하지만 그 성공에 안주하지 않고, 1926년 귀국하여 유한양행을 창업했다. 함께 독립운동을 했던 서재필 박사가 건네준 버드나무 그림이 회사의 상징이 되었다. 그는 자신의 이익을 위해서만이 아니라 동포의 고통을 덜어주겠다는 마음으로 미국에서 약품을 수입하는 회사를 창업했다.

나는 유 박사님의 정신을 마음에 새겼다. 기업가가 회사를 정직하게 잘 운영해서 돈을 벌면 그 유익은 한 개인에 머물지 않는다. 그 회사의 직원과 그 가족들이 함께 살 수 있고, 정부에 내는 세금으로 공무원들이 사회 발전을 위해 일한다. 나는 기업 활동이 국민 생활 수준의 향상과 국가 발전으로 이어진다는 믿음이 있었다.

이런 생각을 품고 기업가의 꿈을 꾸고 있던 내게 한 친구가 적합한 교육 프로그램을 제안했다. 그래서 찾아간 곳이 당시 수유리에 있는 '크리스천아카데미'였다. 나는 어머니의 불경 외우는 소리를 들으면서 자랐지만, 강원용(姜元龍, 1917~2006) 목사님에게서 기독교 교육을 받는 데 반감이 없었다. 그 배움은 종교를 받아들이는 것이라기보다는 서양의 문화를 받아들이는 과정이었기 때문이다. 서양의 문화와 정신의 근간인 기독교를 배우는 것은 너무도 당연하게 느껴졌다.

강원용 목사님은 경동교회에서 섬기면서 크리스천아카데미에서 교육 활동을 하셨다. 나는 그곳에서 개최된 2박 3일 프로그램에 참여했다. 거기서 배운 내용은 흥사단에서 배운 도산 안창호 선생님의 가르침과 너무도 비슷했다. 한국 사회의 문제점에 관해 함께 생각하고 이를 해결하기 위해 어떠한 실천을 해야 하는지 고민하는 기회였다. 강 목사님은 크리스천으로서 독재 정권에 항거하고, 권력과 타협하는 기독교계에 대해서도 비판했다. 그 프로그램에서 간사로 일했던 분이 우리나라 최초의 여성 국무총리인 한명숙 여사다. 불의한 현실을 비판하고 하나님의 정의가 살아 있는 현실로 바꾸려는 기독교 인권 운동을 몸으로 느꼈다. 다른 종교에 대해 관용하고, 여성의 인권을 존중해야 한다는 기본적인 마음가짐은 크리스천아카데미가 내게 선사한 큰 선물이었다.

대학원 1학년이 되었지만, 나는 아직 사업을 시작할 충분한 준비가 되어 있지 못했다. 좋은 부모님 덕택에 몸이 편했고, 돈 걱정도 없었다. 막상 사회생활을 시작하려니 내가 많이 부족하다는 생각이 들었다. 그런 고민을 하던 내게 꼭 필요한 교육기

관이 있었다. 김용기 장로님이 운영하는 '가나안농군학교'였다.

김용기 장로님은 일제강점기였던 1940년에 경기도 양주에 '봉안이상촌'을 만들었다. 김 장로님은 우리 민족의 여정이 이스라엘 백성과 비슷하다고 생각했다. 이집트에서 해방되어 가나안 땅에 들어간 이스라엘 백성들처럼 우리 민족도 참다운 해방과 자립의 길을 걸어야 한다는 생각에서 6·25전쟁 후에는 황무지에 협동농장인 '가나안농장'을 만들었다. 1962년에는 경기도 광주군 동부면 풍산리에 농군사관학교라 불리는 '가나안농군학교'를 만들어 정신교육을 시작했다. 농사 기술이 아니라 '농군의 정신'을 교육하는 곳이었다. 몸으로 체험하면서 리더십을 함양하는 공간이었다. 이 학교의 대표 슬로건은 다음과 같다.

"하라는 사람이 되지 말고, 하는 사람이 되라.
일하기 싫으면 먹지도 마라."

나는 김용기 장로님이 쓴 『가나안으로 가는 길』이라는 저서에 큰 감동을 받았다. 김 장로님은 조선왕조와 일제강점시대를 거쳐온 우리 민족은 수동적으로 시키는 일만 하는 데 익숙했다고 생각했다. 이제는 스스로 내 일이라고 생각하고 주도적으로 행동하는 자세가 필요하다고 역설했다. 이런 인식이 슬로건에도 잘 반영되어 있었다. 우리에게 놓인 환경이 황무지일지라도 그

것에 절망하지 않고 적극적으로 땀 흘리고 일해서 그곳을 가나안 땅으로 만들자는 말에 내 마음이 움직였다.

가나안농군학교로 가는 길은 멀었다. 버스 종점에 내려서 가방을 들고 한참 걸었던 기억이 선명하다. 산소통 두드리는 소리에 새벽 5시에 일어났다. 모두 운동장에 집합해 김용기 장로님의 구호에 맞춰 달렸다. 장로님이 외친다.

"개척!"

우리는 힘차게 답한다.

"정신!"

새벽에 일어나는 단호한 마음가짐, 뭐든지 해내겠다는 개척 정신의 선포 속에서 나도 모르게 마음에 변화가 일어났다. 아침 식사는 보리밥에 김치와 된장국뿐이었지만, 그렇게 맛있을 수가 없었다. 내가 참여한 110기는 학생들로만 구성되었고, 나는 간사장으로 아침 5시부터 밤 10시까지 동료들을 독려하고 도왔다. 치약을 조금씩 아껴 쓰는 자그마한 학교 수칙이 내 삶에 지대한 영향을 미쳤다. 지금까지 이어진 근검절약의 습관은 이때 배운 것이다. 가나안농군학교는 내 인생의 전환점이었다. 가나안농군학교의 강령은 지금도 내 머릿속에 생생하다.

물질과 권력과 지식과 기술을 바르게 쓸 줄 아는 국민이 되자.

물질의 빚이나 마음의 빚을 지지 말자.

외모만을 아름답게 단장하지 말고 마음을 더 아름답게 단장하자.

육체의 잠이 깊이 들면 물질이 도적을 맞게 되고, 민족사상의 잠이 깊이 들면 영혼이 멸망하게 되니 늘 깨어 살자.

다산 선생님도 제자와 자녀에게 늘 부지런한 삶을 살 것을 권유했다. 나도 사업을 시작한 후로 근면하고자 최선을 다했다. 내 후손들도 다산 선생님의 삼근계(三勤戒)로 알려진 가르침을 가슴에 품고 살기를 바란다.

근면하고, 근면하고, 또 근면하라!

─ 제2장 ─

일의 시작

—

—

은혜와 원한은
흔히 한마디 말 때문에
생기고, 화와 복은 한 글자로
인해 야기된다

첫 사업

'무슨 사업을 해야 할까? 어떻게 해야 사회에 기여하면서도 돈도 벌 수 있을까?'

사업하겠다는 뜻은 세웠다. 이제 아이템을 찾아내 그것을 구체화시켜 수익을 창출하면 될 일이었다. 그러나 돈이 된다고 해서 아무 사업에나 손을 댈 수는 없었다. 정직하게 운영하면서도 부가 창출되고, 사회에 긍정적인 영향을 미치는 것이어야 했다.

이런 생각으로 주위를 관찰해보니, 평소에 보이지 않던 것들이 눈에 들어오기 시작했다. 때마침 그때는 동생 둘과 함께 연남동으로 이사하는 과정이었다. 연남동에 집을 구하면서, 공인중개사 사무실을 돌아다니며 집값을 알아보게 되었다. 집, 건물의 시세와 은행 대출 등에 관해 조금씩 이해하게 되었다. 발품을 팔며 돌아다니다 보니 동네의 특성도 더 깊이 알게 되었다. 근처에 연대, 이대, 홍대 등 대학이 세 군데나 있었고, 젊은 이들이 모이는 신촌과 가까웠다. 서울 시내에서 가장 공부하는 사람들이 많이 살았고, 교통의 요지였다.

그때는 대학생들도 자기 혼자 방을 쓰는 사람이 드물었다. 남의 집 단칸방에 온 식구가 사는 경우도 많았고, 형제들끼리 한 방을 쓰는 경우는 비일비재했다. 그러다 보니 대학 입시나 고시 공부를 위해 공부방이 필요한 사람들이 많았다. 이들이 온전히 공부에만 집중할 수 있는 공간을 만들어 저렴한 가격에 제공한다면 수요가 많을 것 같았다. 독서실이 그것이었다. 마침 대흥동에 있는 '웅지독서실' 총무와 친분이 있어서 직접 방문해서 독서실이 어떻게 운영되는지 이야기를 들어보기도 했다. 400명 들어가는 대규모 독서실이었고, 동교동 학생들이 대흥동까지 독서실을 다니고 있었다.

'독서실이다!'

내심 사업 아이템을 찾아서 흥분했다. 이 사업은 위험이 적어서 부모님도 동의하실 것이라 생각했다. 연남동은 주택가라서 건물 임대료도 많이 비싸지 않았고, 고급 주택들이 많은 동교동, 서교동과도 가까웠다. 공부하는 사람들에게 공간을 제공하고 수익을 얻는 일이라면 내가 원하는 사업 기준에도 맞았다. 독서실 사업에 확신이 생겼다.

첫째, 수익의 안정성이다. 독서실은 한 번 시설 투자를 해놓으면 별다른 추가 투자 없이 수익이 지속될 수 있었다.

둘째, 사회 기여도이다. 1970년대 초, 우리나라에서 대학생 혹은 대학졸업생은 사회의 지성인이고 리더였다. 이들에게 공부할 수 있는 좋은 환경을 제공하고, 지식인들의 역할에 대해

이들과 공유한다면 사회를 발전시키는 요람이 될 수 있다고 보았다. 나는 이 사업을 잘 길러서 나중에는 안창호 선생의 대성학교처럼 사회의 인재를 길러내는 학교를 운영하겠다는 비전도 세웠다. 종이 위에 항목과 숫자를 적고, 그래프를 그려가며 계산을 해보았을 때, 사업 자금 170만 원이 있으면 충분히 승산이 있다는 결론에 도달했다.

나는 아버지께 자금을 지원해달라고 부탁했다. 우리 집안에서는 내가 사업하는 걸 반대했다. 아버지뿐만 아니라 집안 어른들까지도 나서서 말리셨다. 학자나 관료, 정치가로 나가는 것이 익숙한 우리 집안 문화에서는 사업하겠다는 종손이 낯설었을 것이다. 하지만 아버지는 내 의견을 존중해서 한 번에 필요한 자금을 보내주셨다. 사업 자금을 받고 보니 천군만마를 얻은 것 같았다. 아무것도 거칠 것이 없었다. 일사천리로 독서실 자리를 얻고, 108석의 시설을 갖추어 독서실을 개업했다. 사무실 벽에는 가나안농군학교의 강령을 거는 순간 내 마음에 뿌듯함이 밀려왔다.

결과는 성공이었다. 당시 샐러리맨 월급이 5만 원 정도였는데 독서실 한 달 수입이 30만 원이었다. 집안 어른들의 반대를 뚫고 처음으로 시작한 사업인데, 그 정도면 아주 괜찮았다. 독서실을 관리하는 실장을 두었다. 그 실장에게도 내가 세운 고시원 운영 원칙을 잘 설명하고 회원들이 공부에 집중할 수 있도록 관리하라고 교육했다. 다행히 실장도 그 원칙을 잘 지키고, 회원들도 만족하여 좋은 독서실이라는 소문이 났다. 빈자리가 별로 없었고, 빠지는 사람이 있으면 금방 자리가 찼다. 금방 돈을 모을 것 같아 기분 좋았다.

한 번은 도난 사건이 있었다. 회원이 사무실에 와서 시계가 없어졌다고 난리를 쳤다. 그런데 아무리 봐도 그 사람의 주장이 앞뒤가 안 맞아 의심스러웠다. 후에 보건복지부 장관이 된 친한 친구 김성호가 마침 그때 놀러 와 있었다. 이 친구가 기지를 발휘해서 지나가듯이 그 회원 보고 들으라고 내게 말했다.

"누가 가져갔으면 화장실 문틈에 올려놓으면 그만일 텐데 말이다."

자신을 의심하는 것을 눈치챘는지, 얼마 뒤에 화장실 문틈에 시계를 올려두었다. 우리는 시계를 찾아서 다행이라며 그것을 그 주인에게 돌려주었다. 내 입장에서는 그 도난 사건은 굉장히 곤란한 문제였다. 의심스러운 회원의 말을 곧이곧대로 인정할 수도 없고, 증거도 없이 회원의 말을 무시할 수도 없지 않은가. 그런데 친구의 기지 덕분에 잘 해결되어 정말 고마웠다.

• 김성호 전 보건복지부 장관과 함께 베이징에서.

독서실 사업은 아주 순항했다. 매달 꼬박꼬박 들어오는 30만 원은 큰돈이었다. 나는 그 돈을 모아서 다음 사업의 시드머니(seed money)로 쓰고 싶었다. 그런데 그것은 나만의 생각이었다. 아버지는 그 돈에서 동생들 학비와 서울 집 생활비를 대라고 하셨다. 수입으로 독서실 임대료와 공과금, 인건비, 활동비를 빼고 가족들의 생활비에 쓰고 나면 남는 게 없었다. 나는 다른 사업을 하나 더하기로 마음먹었다. 사업 자금을 모으기 위해서였다. 사업은 기술이나 아이템을 가지고 하는 것과 돈을 투자해서 하는 것이 있다. 나는 기술이나 아이템이 없으니 돈을 가지고 할 수 있는 일을 찾았다.

•테니스장 사업 당시 딸 희정이와.

이번에는 테니스장 사업에 뛰어들었다. 테니스는 1970년대 초반에 등장한 일종의 고급 스포츠였다. 마포구 동교동에 코트 다섯 개짜리 테니스장이 있었는데 밤에도 야간 조명을 켜놓고 테니스를 즐기는 사람들이 있었다. 마침 테니스 붐이 일던 때라 잘 운영해서 테니스가 대중화되면 국민건강을 위해서도 좋을 것 같았다.

마침 부동산에서 동교동 테니스장이 매물로 나왔다는 소식이 왔다. 알아보니 조건이 좋았다. 인수가격이 1,050만 원이었는데 산업은행에서 주말에만 쓰는 조건으로 한 코트(court)에 200만 원씩 세 코트를 임대하는 조건이었다. 월 임대료 600만 원을 빼면 현금 450만 원만 있으면 인수할 수 있었다. 산업은행이 그 조건만 잘 지켜준다면 수입이 안정적이고, 남은 시간에 코트장을 활용하여 수익을 극대화하면 될 것 같았다.

독서실 사업이 성공적인 효과와 수익을 내자 사업에 자신감이 붙었다. 나는 아버지께 또다시 자금을 부탁드렸다. 다행히 아버지께서도 나를 믿고 450만 원을 보내주셨다. 1972년 대학원 1학년생이던 나는 한 해에 독서실과 테니스장을 열어 사업의 세계로 성큼성큼 들어섰다. 세상 두려운 것 없이 패기만만한 스물다섯 살이었다.

그러나 세상일은 만만치 않았다. 스물다섯 살의 패기만으로 뚫고 나가기 어려운 불가항력이 있었다. 테니스장을 오픈한 지 1년 만에 1차 오일쇼크(oil shock)가 일어나서 기름값이 네 배나 폭등했다. 아랍 산유국들이 팔레스타인 땅을 놓고 이스라엘과 전쟁을 하면서 이스라엘을 지원하는 서방 국가들에게 힘을 과시하는 것이었다.

서방은 석유에 의존하는 산업이 대부분이라 한 번에 원유고시가격을 17퍼센트나 올리니 충격이 컸다. 그때만 해도 아직은 우리나라의 산업 규모가 크지 않았다. 서방과 비교하면 충격의 규모는 작은 셈이었다. 그러나 나처럼 직접적으로 전기를 많이 쓰는 업종에서 사업하는 사람들은 운영 비용이 급상승하는 직격탄을 맞았다.

밤에는 야간 조명을 켜야 하는데 전기료가 네 배나 폭등했으니 야간 회원들이 많아도 고민, 적어도 고민이었다. 퇴근 후에 저녁 먹고 운동하러 오는 직장인 회원들이 많았지만 반갑지 않을 지경이었다. 설상가상으로 테니스 인구가 서서히 줄어들었다. 아무리 생각해도 테니스장을 유지하기 어렵다는 결론이 나왔다. 경험도 없이 사업을 너무 조급하게 시작했다는 후회가 들었다. 그렇지만 독서실과 테니스장을 포기할 수 없었다.

사실 테니스장을 경영하면서 나는 돈보다 사람을 얻었다. 테니스장을 방문하는 고객들이 이헌재 전 부총리, 인명진 목사, 임현채 교수 등 사회 지도층 인사들이었다. 김황식 전 총리도 테니스를 즐겼다. 그곳은 보수와 진보의 지식인들이 모여서 스포츠를 하면서 사회적인 이슈들에 관해 허심탄회하게 의견을 나누는 대화의 공간이었다. 나는 정부 관료들과 대화하면서 정책 입안자들이 나름 합리적인 근거를 가지고 심사숙고한 뒤 지원할 기업과 퇴출할 기업들을 선별한다는 사실을 깨달았다. 이 과정에서 정부와 금융기관의 기업들을 평가하는 기준에 관해 터득해갔다. 테니스장에서 나눴던 대화들 덕택에 중국 정부나 금융기관과 건설적인 관계를 유지할 수 있었다는 생각이 든다.

나는 다산 선생님이 아들들에게 쓴 편지가 떠올랐다.

> 너희가 국화를 심었다고 들었다. 국화 한 두둑이면 가난한 선비의 몇 달 치 양식을 지탱할 수 있다. 꽃의 아름다움을 지켜보기만 하라고 있는 것은 아니다.

다산 선생님은 국화 한 두둑을 내다 팔면 몇 달 치 양식을 얻을 수 있는 이득을 얻을 수 있다는 사실을 자식들에게 알려준다. 국화는 보기에 좋지만 좋은 이익을 얻을 수 있는 원예산업의 수단이라는 것을 일깨워준다.

테니스장을 시작할 때, 나는 그것을 국화로 보았다. 하지만 결국 국화 재배 사업의 어려움을 겪었다. 그 이유는 세 가지였다. 첫째로 아버지에게 투자금을 안이하게 받았고, 둘째로 독서실의 성공에 도취되어 너무 자만했고, 셋째로 세계정세의 흐름을 모르는 '우물 안 개구리'였기 때문이었다. 그때는 요즘처럼 글로벌한 세상은 아니어서 국제정세까지는 생각이 미치지 못했다. 저 멀리 중동에서 일어난 전쟁 때문에 한반도의 테니스 산업이 치명상을 입을지는 상상도 못 했다. 나는 세계가 연결되어 있음을 배웠다. 나 혼자서 잘한다고 사업에서 성공할 수 없다는 사실을 깨달았다. 그 후로 나는 국제 뉴스에서 눈을 뗄 수 없게 되었다.

돈

    나는 돈 무서운지 모르고 살았다. 대학 졸업 후 독서실 사업에 뛰어들기 전까지 직접 돈을 벌어본 일이 없었기 때문이다. 부모님이 보내주시는 돈으로 공부하고, 용돈으로 썼다. 대학을 졸업할 때까지 아르바이트를 한 번도 해본 적이 없었다. 나는 돈 버는 일이 얼마나 어려운지 알지 못했다. 부모님께 돈이 필요하다고 말씀드리면, 언제든지 보내주셨다. 그런 생활이 반복되다 보니, 내가 말하면 돈이 생기는 것을 당연하게 생각했다. 독서실 사업을 추진할 때, 아버지께 사업 자금을 부탁드린 것이 내게는 너무도 자연스러웠다. 사업 자금도 학비처럼 당연히 받는 것으로 여겼다.

• 아버지 회갑 기념 가족사진.

독서실 투자금 170만 원을 받을 때만 해도 돈이 어떤 의미를 가지는지 전혀 몰랐다. 하지만 아버지에게서 받은 테니스장 사업 자금 450만 원이 내 인생을 바꿔놓았다. 아버지로부터 투자받아 테니스장 사업을 벌이던 시기는 우리 집안에 다사다난한 일로 가득했다. 우선, 아버지가 농협 서울 용산지점장으로 발령받아 서울로 오셨다. 아버지는 가족 여덟 명이 모두 모여 살 큰 집을 동교동에 마련하셨다. 나는 아내와 결혼해서 동교동 집에서 신혼 생활을 시작했다.

결혼하고 나니 어른이 된 느낌이었다. 어른으로서 내 몫을 하고 싶은 마음이 굴뚝같았다. 하지만 유가 상승이라는 악재 때문에 테니스장의 운영이 쉽지 않았다. 마음이 답답했고, 어디에 하소연하기도 어려운 처지였다. 그런데 아버지는 내 경영에 못마땅한 듯이 이래라저래라 지시하셨다. 심지어는 내게 테니스장을 팔라고 종용하기까지 하셨다. 나는 아버지가 내 경영권에 침범하고, 나를 통제하려는 것을 전혀 이해할 수 없었다. 아버지에 대한 서운함과 원망이 쌓여갔다. 나는 아버지께 반항하며 소리쳤다.

"아버지 마음대로 하세요!"

아버지의 간섭이 나를 못 믿겠다는 말로 들렸다. 아버지의 불신과 개입에 내 마음의 상처는 더 깊어졌다. 어느 날 아버지는 내게 투자한 자금에 대한 수익 배분을 요청하셨다. 그날 나는 내가 아버지와 전혀 다른 생각을 하고 있다는 것을 깨달았다. 나는 아버지께서 그 돈을 증여하셨다고 생각하고 있었다. 하지만 그것은 아버지에게 엄연한 투자였다. 아버지가 내게 투자하셨으리라고는 상상도 못 했다. 내가 잘되어서 부모님께 효도하면 그만이라고 생각하고 있었다. 지금은 아버님의 생각이 순리에 맞고 너무도 당연한 말씀으로 생각하고 있다. 하지만 그때 내가 받은 충격은 너무도 컸다. 나는 돈에 대해서 너무도 모호한 환상을 품고 있었다. 돈에는 당연히 계산이 따른다는 사실을 전혀 이해하지 못했기 때문이다.

아버지가 이 세상을 떠난 뒤에야 아버지의 마음을 알게 되었다. 아버지가 남긴 통장에는 돈이 없었다. 아버지는 자녀들 뒷바라지하느라 늘 돈이 부족했던 것이다. 하지만 아껴서 모아둔 거금을 큰아들의 사업에 투자했다는 사실을 뒤에 가서 알게 되었다. 그 돈은 아버지에게 생명과 같은 재산이었다. 큰아들을 믿지 않았다면 내게 투자금을 보내지 않았을 것이다. 나를 믿었기에 그렇게 큰돈을 투자한 것이었다. 테니스 사업이 어려움에 처했을 때, 아버지가 내게 이런저런 조언을 한 것은 투자자로서의 당연한 권리이자 의무였다. 하지만 나는 그 의미를 이해하기에는 너무 경험이 부족했다. 장난감을 빼앗긴 아이처럼 아버지에게 분노하고 서운해하기만 했던 것이다.

아버지의 투자는 자녀 교육을 위한 것이었다. 그 결과 우리 형제자매들은 모두 자기 자리에서 일가를 이뤄 살고 있다. 남동생 윤영수는 효성중공업에 근무하다가 다산 무역부에서 근무하여 내 사업을 도왔고, 결국 독립해서 자신의 사업을 이끌어 나갔다. 막냇동생인 윤영근은 중국 칭다오에서 다산을 운영하는데 핵심적인 역할을 했다. 그 다부진 수완 덕택에 중국 청도 다산은 번영을 누렸고, 중국에서 발생한 중대한 위기도 극복할 수 있었다. 세 여동생들은 각각 김영기 변호사(서울 법대 졸, 부장판사 역임), 양재승 병원장(의사 집안, 모친이 인촌 김성수 집안임), 양용승

71

사장(하나대투 사장, 하나은행 부행장 역임, 현 SK 고문)과 결혼하여 다복하게 살고 있다. 아버지는 돈의 목적이 교육을 위한 것이라고 믿었다. 교육이 풍요로운 삶으로 이어진다는 그 믿음을 자녀들을 통해 증명하셨다.

• 어머니 미수(米壽) 잔칫날 형제들과 함께.

그 사건 이후로 나는 돈을 주고받을 때, 항상 정확해야 한다는 교훈을 얻었다. 돈의 성격과 목적, 계산이 정확해야 관계가 유지된다는 것을 알게 되었다. 가족처럼 가까운 사이일수록 돈 계산이 명확하지 않으면 관계가 훼손되는 큰 대가를 치러야 한다. 아버지와 투자금 문제에 관해서 의견이 달랐기 때문에 참 많은 어려움을 겪었다. 결국, 아버지에게 받은 투자금을 모두 돌려드렸다. 이 투자금은 아버지의 아들에 대한 믿음과 사랑의 상징이었다. 나는 돈뿐만 아니라 마음을 받아서 성장할 수 있었다. 이 투자금은 내게 분명한 가르침을 주었다. 아버지는 내게 돈에 대해 엄격한 태도를 유산으로 물려주셨다.

사업하면서 금융기관과의 약속에 엄격하고자 최선을 다했다. 처음 거래하던 기업은행 담당자의 말을 잊을 수 없다.

"당신 같은 사람은 얼마든지 사업할 수 있소. 자금이 필요하면 말씀하시오. 빌려주겠소."

나는 돈거래에서 신용을 지키기만 하면, 더 많은 신용이 따라온다는 평범한 진리를 터득했다. 그리고 부모님의 도움 없이 사업하는 방법을 찾아냈다. 상호부금에 가입하는 방법이 도움되었다. 나는 국민은행이 취급하는 여러 개의 상호부금에 가입했다. 전체 납입 횟수 가운데 3분의 1만큼의 금액만 납입하면 나머지 금액을 대출해주는 금융 상품이었다. 이런 방식을 사용해서 사업 자금뿐만 아니라 주식투자 자금도 모을 수 있었다. 다산은 바람직한 경영 방식을 이렇게 가르쳤다.

새달 초하루가 되어야만 비로소 창고 속의 곡식을 꺼내 먹었다.

"1년 먹을 곡식을 매달마다 꼭 필요한 분량으로 나눈 뒤에 아무리 배가 고파도 다음 달 것을 이번 달에 미리 꺼내 먹지 않는다."는 말이다. 사업을 하다 보면, 돈이 들어갈 곳은 너무도 많다. 은행대출금 상환이나 적금 납입과 같이 필수적인 소요에 우선 자금을 집행하라는 말이다. 그 돈이 부족하면 다른 곳에는 절대로 쓰지 않겠다는 각오로 재정을 운용하라는 가르침은 내게 중요한 지침이 되었다.

돈은 삶에 필수적인 재화다. 하지만 잘못된 거래가 관계를 망친다. 특히 가족기업이나 동업 관계에서는 더욱더 회계를 분명하게 해야 한다. 그렇지 않으면 그 사업체가 살아남을 수 없다. 이런 문제는 부자간, 형제간에 동업할 때 빈번하게 일어난다. 분명한 계산이 없으면, 다툼만 남게 된다. 나는 사업가는 차입한 돈뿐만 아니라 투자받은 돈을 무서워해야 함을 아버지에게서 배웠다. 나를 믿고, 내 사업을 믿고 투자한 사람들의 돈을 무서워하지 않는다면, 돈뿐만 아니라 사람을 잃게 되기 때문이다.

첫 직장

시간이 생겼다. 나는 사업가는 쉴 새 없이 바쁘기만 할 줄 알았다. 그런데 독서실과 테니스장을 한두 명의 직원에게 맡겨두니 내 시간이 많아졌다. 이렇게 시간을 보내다가는 건달이 될 것 같아 두려웠다. 그래서 나는 다른 일을 벌였다. 테니스장 사업을 유통업과 제조업으로 확대해보겠다는 계획을 세웠다. 테니스장 근처에 스포츠숍을 열고, 테니스화를 제조하기 위해서 여기저기 알아보았다. 그 과정에서 매장을 열고, 공장을 세우는 것이 말처럼 쉬운 일이 아니라는 것을 깨달았다. 나는 어떤 사업에 진출하기 위해서는 그 분야를 취급해본 경험이 절실하다는 것을 느꼈다. 경험이 없으면 그 분야를 알고 지원해줄 인맥이라도 있어야 했다.

그렇다고 해서 목숨을 걸고 이 사업을 해보겠다는 절실한 마음도 없었다. 그것이 나의 한계였다. 그제서야 어른들이 사업을 반대한 이유를 알 것 같았다. 이제 나는 내게 부족한 것을 명확하게 깨달았다. 그것은 '경험'이었다. 나는 취업한 다른 친구들처럼 세상을 배워야겠다는 생각을 하기 시작했다. 사업은 나이 들어서 언제든지 할 수 있는데, 너무 어린 나이에 창업한 것이 아닌지 하는 의문이 들었다. 회계사가 되어 살 생각도 해보았고, 실제로 공인회계사 고시를 준비하기도 했다. 하지만 책상 앞에만 앉아 서류를 검토하는 일은 내 적성에 맞지 않아 중단했다. 결국, 나는 취업을 결심했다.

그렇게 취업한 곳이 호남전기 그룹의 자회사였던 항신전기였다. 내가 입사할 당시 호남전기는 항신전기를 매각했고, 나는 새롭게 매수한 경영진들이 경영하는 회사에 입사한 것이었다. 이 회사는 황산과 납을 이용해서 광산에 쓰이는 다양한 배터리를 생산했다.

당시에는 대학원 학위를 가진 사람이 드물었기 때문에 나는 입사와 동시에 대리 직함을 달았다. 경영진들은 내 업무 태도가 마음에 들었는지 신속하게 기획 과장으로 승진시켰다. 이제까지 배운 회계와 경영학을 현장에서 경험할 절호의 기회였다. 하지만 나는 경험이 부족한 과장이었다. 직책만 과장이었지 실무에 대해서는 아는 것이 없었다. 처음 회사 생활을 시작할 때 나는 행정자치부 장관 및 해양수산부 장관을 역임한 광주일고 동문 허성관 전 장관의 도움을 받았다. 이론과 실무에 해박한 허 전 장관은 직장 생활의 태도, 기획 업무를 효과적으로 수행하는 법 등을 꼼꼼하게 알려주었다. 허성관 전 장관의 조언이 아니었다면, 나는 남이 시키는 일만 하는 소극적인 기획부 직원에 머물렀을지도 모른다.

나는 부하 직원들에게 하나둘씩 물어보면서 차근차근 배워
나갔다. 학교에서의 배움과 직장에서의 실무는 많이 달랐다.
나는 이론이 현장에서 검증되어야 하고, 현장은 이론을 바탕으
로 개선되어야 한다는 것을 이때 깨달았다. 직책이 권위를 만
들어주지 않았다. 진정한 권위는 지식에서 나온다는 것을 몸으
로 배웠다. 직책의 지휘 고하를 막론하고 업무를 가장 잘 아는
사람이 중요했다. 실무 경험이 학력보다 중요했고, 업무 처리 능
력이 학점보다 의미 있었다. 내게는 내 부하 직원들이 내 스승
이었다. 내 능력과 경험을 극대화하기 위해서 최선을 다했다.
경험과 능력이 성장해가는 만큼 자신감도 커졌다.

• 결혼식 날 양가 부모님과 함께.

그런데 내가 항신전기에서 근무한 지 1년 정도 되는 1976년 어느 날 장인어른이 나를 부르셨다. 장인어른은 목포 출신의 철강 사업가였다. 장인은 '백산철강'을 인수하여 '풍한철강'으로 이름을 바꿨다. 당시 장인어른은 그 회사의 경영자를 찾고 계셨다. 장인은 풍한철강의 경영자 자리를 내게 제안하셨다. 깊은 고민에 빠졌다. 우선, 나는 철강에 대해서 아는 것이 전혀 없었다. 철강업은 독서실이나 테니스장과는 사업의 성격이나 규모 면에서 차원이 달랐다. 여러 직원들이 생산하는 금속의 질과 양이 사업의 성패에 핵심적인 요소였다. 테니스화 제조업을 추진해보겠다고 백방으로 뛰어다니면서 깨달은 것은 제조업에 많은 위험 요소가 있다는 점이었다. 그래서 쉽게 "예."라고 말씀드릴 수 없었다.

　하지만 장인어른의 제안은 엄청난 기회이기도 했다. 철강의 문외한이지만, 전문가들의 말을 경청하고, 그들의 경험을 잘 활용하면 못할 이유도 없었기 때문이다. 장인어른은 내가 가장 존경하는 기업가였다. 장인어른은 수많은 경험을 통해서 사람 보는 안목에서는 탁월하다는 것을 잘 알고 있었다. 그런 분이 내게 사장직을 제안했다는 사실 자체가 나로서는 가장 큰 지지와 격려였다. 경영하면서 잘 모르는 것은 장인어른께 여쭤보고 조언을 받으면 될 일이었다. 나는 장인어른으로부터 경영 개인 레슨을 받는 기회라는 생각이 들었다. 나는 긍정적으로 답변했다. 그 결정은 내 인생의 축복으로 이어졌다.

풍한철강은 금, 은, 동, 알루미늄, 철 등을 가공하여 판이나 선을 만드는 회사였다. 아무것도 모르고 이 소재 산업에 뛰어들었지만, 회사가 다루는 소재들을 열심히 공부하고 연구하면서 이 분야의 지식을 얻을 수 있었다.

장인어른은 내게 은인이다. 그분은 사업의 멘토셨다. 우리 집안은 내가 사업하는 것에 반대했지만, 장인어른은 내 결정을 지지해주셨고, 기본기를 알려주셨다. 조급함과 열정으로 가득 찬 나는 그분의 신중함을 소심함으로 격하시킨 적도 있었다. 하지만 오랜 세월에 걸쳐 꾸준하게 사업을 지속한 비결은 그런 신중함에 있었다. 내가 훌륭한 사업가 집안의 사위가 된 것은 행운이었다. 나는 자주 장인어른을 찾아가 조언을 구했고, 도움을 청하기도 했다. 장인어른 앞에서는 내 고집을 꺾어야 했고, 그분의 말씀에 귀를 기울여야 했다. 나 자신을 비운 만큼 장인의 노하우가 하나둘씩 내 것이 되었다.

하지만 나는 장인어른 밑에서 월급 받는 사장으로 일하는 것이 답답하게 느껴졌다. 그 회사는 내 것이 아니었다. 경영을 잘해서 이윤을 남겨도 내게 돌아오는 것은 제한적이었다. 샐러리맨이 된 친구들과 비교하면 높은 급여를 받았다. 하지만 나 스스로 사업을 하면서 벌었던 돈에 비하면 너무 적게 느껴졌다. 장인어른과 함께하는 시간은 좋았지만, 다시 나만의 사업을 하고 싶은 갈망은 더 커져만 갔다. 1년 뒤에 나는 풍한철강 사장직을 그만두었다. 2년의 샐러리맨 생활이 이로써 끝났다. 다산 선생님은 은혜와 원한에 관해서 이렇게 말씀하셨다.

은혜와 원한은 흔히 한마디 말 때문에 생기고, 화와 복은 한 글자로 인해 야기된다.

나는 고인이 되신 장인어른께 마음으로 큰절을 올리고 싶다. 내가 풍한철강 사장직에서 사임하겠다고 말씀드렸을 때, 장인어른은 주저함 없이 흔쾌히 허락해주셨다. 실컷 가르쳐 놓았더니 자기 사업을 하겠다고 하는 내가 못마땅했을 수 있다. 그러나 장인은 한마디도 서운하다는 말씀이 없었다. 그분은 큰 도량을 지닌 대인이었다. 불편한 말씀을 한마디라도 하셨다면 나는 다시는 장인어른께 조언과 도움을 구할 수 없었을 것이다.

장인어른에게는 보증을 서지 않는다는 불문율이 있었다. 그래서 평생 보증을 서신 일이 없었다. 하지만 나를 위해서 그 원칙을 깨셨다. 후에 내가 사업상 어려움에 처했을 때 장인어른은 결국 그 보증채무를 부담해야 했고, 재산상 손해를 입으셨다. 장인어른께 너무도 미안했다. 넓은 마음으로 나를 믿고 지원해주신 그 마음을 도저히 잊을 수 없다. 그분은 내 인생의 축복이었다. 나는 장인어른께 갚을 수 없는 큰 빚을 지고 있다. 감사하고 감사한 일이다.

신우특수공업

풍한금속을 사직한 뒤, 1년간 창업 준비에 매달렸다. 1970년
대는 경제개발5개년계획으로 제조업 붐이 일어나던 시기였다.
당시 우리나라는 주문자생산방식(OEM)으로 외국 브랜드 제품을
제조하는 경공업의 메카였다. 금속 공업 분야에서 일하면서 소
재 산업, 특히 비철금속 분야의 미래가 밝다는 생각을 가졌다.
특별히 안경테, 지퍼, 시곗바늘 등에 들어가는 소재인 동선(銅
線)의 제조에 관심을 가졌다. 한국에 이런 물건을 제조하는 업
체들이 많아지는 만큼 동선에 대한 수요도 더 많아질 것이 분
명했다. 그리고 국내에서 제품의 기본 소재를 생산해 공급하는
일이 완제품 제조 이상으로 한국 산업 발전에 도움이 되는 일
이라고 생각했다. 내 사업이 국가 산업 발전으로 이어진다고 생
각하니 동선 사업을 주저할 이유가 없었다.

그때까지 운영하던 독서실과 테니스장을 정리하고, 연남동 집
을 팔아 사업 자금을 마련했다. 구로공단에 공장을 임대하여
단동(丹銅)을 생산하는 라인을 갖췄다. 직원은 최소 인원으로
시작했다. 1978년 8월 창업식을 열었다. 부모님, 장인어른, 장모

님을 비롯하여 선후배, 친구들 및 업계 분들을 초청했다. '신우특수공업사'라는 간판의 현판식을 거행했다. 이후 손님들 보는 앞에서 기계를 가동해 동선이 생산되는 모습을 보여주려고 했다. 원료를 넣으면, 기계를 통해 동선이 밀려나오는 과정에 손님들이 박수를 치며 즐거워하는 것을 기대했다.

흰 장갑을 낀 손으로 공장 스위치를 눌렀다. 그런데 "찰칵!" 하는 스위치 소리만 들렸다. 그 후 어디에서도 기계 돌아가는 소리가 들리지 않았다. 날도 더운데 당황해서 땀이 비 오듯이 흘렀다. 그래서 다시 껐다가 켜기를 반복했지만, 조용하기는 마찬가지였다. 그 무더위에 계속 기다리는 손님들 앞에서 나는 민망할 따름이었다.

액땜이었을까? 다음부터는 제품도 잘 나오고, 거래처도 늘어갔다. 동선이 필요한 업종도 생각보다 많았다. 패션과 연관된 액세서리 재료로도 많이 쓰였다. 독서실이나 테니스장 하고는 비교할 수 없을 만큼 재미있었다. 사업의 사이즈나 매출과 수익 규모도 이전의 것들과 비교할 수 없었다. 아침부터 저녁까지 하루 종일 뛰어다녀야 해서 자는 시간도 아까웠다.

공장에서 물건을 생산하고, 그 물건이 차에 실려 납품업체로 나가고, 납품 대금을 받아 직원들에게 월급을 주고, 원자재 대금도 지불하고, 은행 이자와 원금을 갚았다. 이 과정이 몸의 피가 도는 순환 과정처럼 느껴졌다. 우리 회사는 건강한 사춘기

소년처럼 왕성한 신진대사를 했다.

그런데 비철 사업을 시작한 지 1년 만에 위기가 닥쳤다. 원자재 공급처인 대기업에서 원자재 가격을 올리고, 원자재 공급도 지체하면서 그 회사에 유리한 조건만을 강요했다. 회사의 자금 사정이 급속도로 경색되었다.

엎친 데 덮친 격으로 1979년 10·26 박정희 대통령 시해사건이 일어났다. 우리 회사의 거래처는 대부분 외국 업체의 오더를 받는 제품 생산업체들이었는데, 우리나라 정국이 불안해지자 한국 업체에 주문하는 양이 대폭 줄어들어 버렸다. 그리고 금융이 경색되면서 대출이자도 29퍼센트까지 폭등했다.

이때 구로공단에 있던 회사들이 줄줄이 도산했다. 우리 회사의 거래처들도 마찬가지였다. 거래대금을 받으려고 연락했을 때, 전화를 안 받으면 도산한 것이었다. 지금도 그렇지만 우리나라는 수출 중심의 산업구조로 되어 있다. 지금은 자체 브랜드로 수출하는 경우도 많지만, 그 당시에는 주문자생산방식이 대부분이었기 때문에 외국의 오더가 끊어지면 회사는 유지될 수 없었다. 거래처들이 줄줄이 도산하자 물품대금을 받지 못한 우리도 그 높은 이자를 내면서 버티기가 힘들었다. 이자율 29퍼센트를 부담하면서 회사를 운영하는 것은 불가능했다. 일단 이자율이 낮은 대출로 전환할 방법을 찾아야 했다.

그런데 수출금융 대출은 이자가 10퍼센트대였다. 수출을 장려하는 국가 정책이었다. 그 대출을 받아 이자율 29퍼센트짜리 대출을 갚으면 숨을 쉴 것 같았다. 하지만 그 대출은 수출하는 업체만 받을 수 있었다. 그래서 우리 회사의 살길은 수출뿐이라고 생각했다. 하지만 수출은 해보지 않았기 때문에 아무 생각 없이 선뜻 나서기도 어려웠다.

영일금속은 우리 회사의 주요한 거래처 가운데 하나였다. 그 회사는 직원이 40명 정도 되는 액세서리 제조회사였다. 그런데 이 회사가 우리에게 줄 물품대금을 주지 못한 채 부도가 났다. 2년 동안 미지급된 4,000만 원의 채권만 남겨둔 채로 회사가 도산했다. 이 회사는 수출하는 회사였다. 만약 우리가 부도난 영일금속을 인수한다면 수출업체로서 저금리의 수출금융을 지원받을 수도 있었다. 하지만 인수를 하기에는 그 비용도 만만치 않았다. 영일금속이 부담하는 다른 부채들도 인수해야 했기 때문이다. 내 앞에 두 개의 길이 놓여 있었다. 영일금속과 함께 무너지는 길과 영일금속을 인수해서 수출로 살아남는 길이 있었다. 이런 선택이 개인의 삶에 관한 것이라면 본인만 책임지면 된다. 하지만 그것이 기업의 선택이라면 그것은 간단하지 않다. 그 결정이 직원들과 그 가족, 그리고 또 다른 회사인 거래처와 연결되어 있기 때문이다.

막상 일을 당하고 보니, 손 놓고 회사의 문 닫을 권리가 내게 없다는 사실을 알았다. 함께하는 가족 같은 직원들이 너무 많았다. 나는 그들의 삶을 책임져야 했다. 나는 직원들과 함께 머리를 맞대고 상의했다.

"우리는 왜 이런 상황을 맞았을까?"

"우리는 이 상황을 어떻게 헤쳐나갈 것인가?"

나는 항상 자신의 선택을 돌아보라는 다산 선생님의 말씀을 되새겼다.

성인(聖人)이 되느냐 광인(狂人)이 되느냐는 뉘우침에 달려 있다. 광인이라도 생각하면 성인이 될 수 있고, 성인이라도 생각하지 않으면 광인이 된다. 생각한다는 것은 뉘우칠 줄 안다는 것이다.

우리는 생각을 통해 질문을 발전시켜 나갔다.

"정치적인 이유로 산업이 무너지는 이 상황에서 우리가 할 수 있는 것은 무엇인가?"

"우리가 잘못한 것은 무엇인가?"

"우리는 왜 영일금속의 부도에 속수무책으로 넘어지게 되었는가?"

돌아보고 또 돌아보다 보니, 우리가 잘못했던 것이 보였다.

첫 번째, 우리는 그동안 개척 정신을 발휘하지 않고도 잘 돌아갈 만큼 편안한 상태에서 안일하게 사업을 했던 것이다. 완제품을 생산하는 회사들이 있었기에 우리는 그들이 필요로 하는 소재만 생산하면 된다고 안주했다. 우리가 만든 소재로 직접 완제품을 만들어 판매한다면 그만큼 원가를 줄일 수 있어 경쟁력 있다는 가능성을 보았다. 우리에게 필요한 것은 직접 완제품 제조업에 뛰어들어 수출하겠다는 용기였다. 그 길은 수출금융을 통해 높은 이자 부담 문제를 해결할 통로이기도 했다.

두 번째는 관리의 소홀이었다. 우리는 구로동에 있고, 영일금속은 마천동에 있었다. 워낙 큰 거래처이니 믿는 마음이 있었다. 업체와의 거리가 멀어서 일이 바쁠 때는 외상대금 지급을 독촉할 기회를 놓쳤다.

이런 것들을 돌아보니, 상황이 달리 보였다. 두려움에 압도되어 위축되기만 하면 우리 회사도 부도날 것이 분명했다. 반면에 새로운 길을 개척하고 부족했던 점들을 보완한다면 영일금속 인수는 하늘이 우리에게 준 기회였다. 하지만 그 길은 결코 쉽지 않았고, 가보지 않은 길이기도 했다. 그래서 두려웠다. 그러나 두렵다고 그 길을 포기할 수는 없었다. 그대로 무너질 수는 없었기 때문이다. 나는 영일금속을 인수할 자금을 구하러 나섰다. 직원들도 마음을 합쳐서 다시 한 번 뛰어보기로 했다. 그것이 우리가 함께 살아갈 길이었다.

다산의 시작

내게는 정확한 근거가 필요했다. 영일금속을 인수할지 여부는 객관적인 데이터에 근거한 것이어야 했다. 우선 신우특수공업의 생산과 매출, 자본과 부채에 대한 데이터를 정리했다. 그리고 우리나라뿐만 아니라 미국 액세서리업의 현황과 비전도 자료화했다. 여기에 영일금속을 인수하는 조건과 비용도 정리했다. 이 자료를 바탕으로 예측 가능한 사업 모델도 만들었다.

결론은 분명했다. 우리 회사인 신우특수공업이 영일금속을 인수하지 않으면 우리도 도산할 것이 확실했다. 이렇게 높은 이자를 계속 부담하면서 살아남는 것은 불가능했기 때문이다. 하지만 영일금속을 인수한다면 높지는 않아도 살아남을 가능성은 있었다. 낮은 금리의 수출금융으로 갈아타고, 미국 시장으로 진출해 기존 거래처 외에 새로운 판로를 공격적으로 개척해낸다면 위기를 극복해낼 실낱같은 희망이 보였다. 우리가 넘어지면 비극의 쓰나미는 확산될 것이었다. 우리에게 원자재를 공급했던 업체들도 부도에 직면할 것이 분명했다. 적어도 세 개 회사의 직원들과 가족들은 삶의 기반이 흔들릴 터였다. 사회에 기여하겠다고 기업을 세운 내가 오히려 다른 사람들에게 손해를 끼친다는 것은 받아들일 수 없었다. 나는 그냥 쓰러지고 싶지 않았다. 게다가 남에게 손해를 끼친다는 사실이 너무 싫었다. 나는 손톱만 한 가능성을 향해 죽기 살기로 뛰어야 했다.

다산 선생님도 강진으로 두 번째 유배를 떠났을 때 한탄과 절망 속에 삶을 포기하고 싶은 순간이 있었다. 선생님은 강진의 허름한 주막 뒷방에서 술을 벗 삼아 대의에서 벗어나 살 수 있었을 것이다. 하지만 남들이 모두 끝이라고 말하는 순간에 선생님은 "이제, 내 시간이 생겼다."라고 좋아하셨다. 관직에 머무르는 동안에는 공무(公務) 때문에 학문에 매진할 겨를이 없었는데, 이제 유배 왔으니 공부할 수 있는 기회가 생겼다고 생각했다. 다산 선생님은 극한 불행 속에서도 학자라는 자신의 정체성에 충실했다. 다산 선생님의 모습에 감동하여 주위 사람들이 위험을 무릅쓰고 돕고자 했던 것이다. 다산 선생님은 우리 집 뒷산 할아버지의 초당에서 10년간 머무셨다. 그 시간은 창조적인 시기였다. 500여 권의 저서를 쓰셨고, '다산학(茶山學)'을 정립시켰다. 위기를 기회로 만든 것이다.

• 다산초당 전경.

• 나를 빚어낸 다산초당에서.

나도 다산 선생님의 길을 가겠다고 다짐했다. 정리한 데이터를 들고 멘토인 장인어른을 찾아갔다. 상황을 설명하고 조언을 구했다. 장인어른은 가만히 내 이야기를 들으시더니 한참 동안 말씀이 없으셨다. 성격이 급한 나였지만 잠자코 기다리는 수밖에 없었다. 그렇게 긴 침묵이 흐른 뒤 장인어른이 조용히 입을 여셨다.

"한 번 넘어지면 다시 일어나기 어려울 때가 있다. 여기서 더 빚을 지고 영일금속을 인수했다가 넘어지면 그렇게 될 가능성이 크다. 인수하지 말고 신우를 없애라. 그리고 다시 처음부터 다시 시작하라."

"......"

조언을 구하러 왔지만, 이번만은 장인어른의 조언대로 할 수가 없었다. 우리 사이에 무거운 침묵이 흘렀다.

나는 무겁게 입을 열었다. 입술이 천근만근의 무게로 느껴졌다. 내 뒤에 있는 직원들과 직원 가족들, 거래처와 거래처 가족들을 생각하니 말씀드릴 용기가 생겼다. 내가 포기하면 다 죽는다는 마음이었다.

"아버님, 자신 있습니다. 이번만 도와주세요."

장인어른은 내 간절함에 응답하셨다. 7,000만 원이란 액수를 6개월 상환 조건으로 빌려주셨다. 이 귀중한 돈은 1980년 당시 서울 중심가에서 고급 주택을 구매할 수 있는 거금이었다. 그 대출금으로 액세서리 사업을 하는 영일금속을 인수하여 1980년 12월 9일 다산금속공업주식회사를 설립했다. 나는 다산 선생님의 정신을 우리 회사에 불어넣고자 '다산'을 회사 이름으로 정했다.

고금리 대출을 저리의 수출금융 대출로 바꾸니 살 것 같았다. 나는 액세서리를 연구하기 시작했다. 마천동 공장에 가서 액세서리 제조 과정도 보고, 미국의 액세서리 시장도 파악했다. 그렇게 공부하는 처음 1년 동안은 영일금속이 거래했던 오퍼상을 통해 미국으로 납품했다.

하지만 시장 파악을 하고 나니 오퍼상을 통하지 않고 직접 미국 시장을 개척하고 싶었다. 우리 회사 안에 무역부를 만들었다. 다른 회사에 다니던 동생을 우리 회사에 불러 해외무역부를 맡겼다. 마침 대학원 동기도 국내 기업의 미국 주재원으로 근무하다가 귀국했다. 그 친구에게 미국 시장 진출을 도와달라고 부탁했다. 그 친구는 미국에 지사를 내주면 해보겠다고 했다. 나는 미국 지사를 개소하고 그 친구를 미국 지사장으로 파견했다.

미국 지사를 내는 일은 중소기업이 감당하기에 큰 비용이 드는 일이다. 하지만 공격적으로 시장을 개척하려는 의지로 추진했다. 그런데 기대만큼 실적이 나지 않았다. 내가 직접 미국 시장 개척에 나서야 했다. 내가 하겠다고 하자 주위 사람들이 말렸다. 액세서리도, 미국 시장도 모르는 내가 무슨 일을 하겠냐는 말이었다. 그 말에 일리가 있었지만 내가 그런 걸 따질

겨를이 없었다. 미국 시장에 100만 달러를 수출해야 회사가 살 수 있었다.

나는 그동안 공부한 자료를 바탕으로 표를 만들었다. 각각의 제품들을 사이즈, 원가, 단가 등 항목을 분류하여 한눈에 알아볼 수 있게 한 장으로 만들었다. 그리고 샘플들을 챙겼다. 미국의 액세서리 회사의 리스트, 주소와 연락처를 다 챙겼다. 그 자료를 가방에 넣고 미국으로 향했다.

1982년 미국 출장은 쉬운 일이 아니었다. 외국에 가는 비행기는 공무원, 유학생, 상사 직원들만 탈 수 있었다. 미국 비자를 받기 위해서 미국 대사관에서 오래 기다려야 했고, 인터뷰를 통과해야 비자 허가를 받을 수 있었다. 마지막으로 남산에 있는 안보센터에 가서 8시간짜리 안보교육도 받아야 미국에 갈 수 있었다.

그런 시절에 영어도 유창하지 않은 내가 미국 시장을 개척하러 간다는 것이 다른 사람들 눈에는 무모하게 보였을 것이다. 그러나 내게는 그렇게 하지 않으면 살아남을 수 없다는 절실함이 있었다. 나 때문에 고통받는 사람은 없어야 한다는 간절함이 있었다. 우리나라에서 생산되는 제품의 질은 거의 비슷했다. 특히 우리 회사 제품의 원자재는 자체 공급한 것이기 때문에 가격경쟁력이 있었다. 바이어를 찾아가 이 부분을 이해시키면 승산이 있다고 확신했다. 나는 우리 회사의 경쟁력을 '합리적 가격', '정확한 물건 인도'와 '정직성'이라고 생각했다. 이 세 가지 약속에 충실하면 고객을 얻을 수 있다는 확신이 있었다.

1981년 4월, 뉴욕의 거리는 추웠다. 리스트에 기재된 잠재고객들을 찾아 5만 달러 수주를 달성하겠다고 다짐하며 빌딩 사이를 걸었다. 다른 한국 회사들이 너무 많이 방문을 요청하다 보니 많은 회사들이 만남을 거절했다. 겨우 한 회사에서 오너를 만날 수 있었다. 나는 그에게 샘플을 보여주고 가격을 제시했다. 그리고 한국 수출액의 3분의 1은 다산에서 제작할 것이라는 포부도 밝혔다.

당시만 해도 우리나라 액세서리 업계 1위는 연 매출 3,000만 달러를 달성한 삼형금속이었다. 사실 삼형금속 출신 한국인이 아니면 국제 액세서리 시장에서 전혀 대우를 해주지 않았다. 그 회사도 한국 시장 판도를 잘 알았기 때문에 신생 업체의 야심 찬 꿈을 비웃었을 것이다. 결국, 그 사장으로부터 주문을 받지는 못했다. 그래도, 한국에 오면 방문하겠다는 확답을 받았다. 나는 이런 관계가 영업으로 결실 맺힐 것을 믿었다. 영업은 끊임없이 두드리는 과정이고, 처음 대화를 시작한 것만으로도 좋은 신호라고 생각했다.

한 번은 주소만 들고 어떤 회사를 찾아 나섰다. 그런데 도저히 길을 찾을 수 없어서 지나가는 아프리카계 미국인에게 길을 물어야 했다. 그에게 도움을 요청했다. 나는 이렇게 말했다.

"May I help you?"

어색한 침묵이 흘렀고, 나는 같은 말을 두 번이나 더 반복했다. 그때만 해도 나는 "May I help you?"를 "저를 도와주실 수 있을까요?"라는 말로 순간적으로 착각했던 것이다. 사실 "부탁을 드려도 될까요?"라는 뜻의 "May I ask you a favor?"라고 물어야 했던 것이다. 다행히 그 청년은 절실한 내 표정을 알아보고 도움의 손길을 주었다.

또 한 번은 나는 워싱턴 다리를 건너서 뉴저지로 운전해 가야 했다. 그런데 길을 잘못 들어 흑인들이 거주하는 할렘가로 들어섰다. 너무 무섭고 당황해서 교통신호를 위반하면서 그 동네를 도망치듯이 빠져나왔다. 그런데 무섭고 당황하다 보니 뉴저지와 반대 방향인 보스턴 쪽으로 운전하고 있었다. 게다가 운전 중에 기름마저 떨어졌다. 우여곡절 끝에 숙소에 도착해서 시

• 바이어와 함께.

계를 보니, 새벽 3시였다.

이렇게 좌충우돌하면서 10여 군데의 회사를 방문해서 목표한 5만 달러의 수주액을 모두 채웠다. 그 5만 달러의 물량은 시행착오를 거쳐 4개월 뒤에나 납품되었다. 처음 거래한 미국 바이어들은 결국 모두 떠나갔고, 나는 큰 손해를 보았다. 하지만 나는 실망하지 않고 또 다른 바이어들을 만들었다. 그 결과 다산은 직접 수출에 나선 지 1년 만에 종업원이 30명으로 늘었다. 10억 원의 수익을 내는 회사로 성장했다. 장인어른에게 빌렸던 금액도 모두 상환했다. 우리 회사의 미국 매출이 300만 달러로 성장할 때였다. 나는 미국 바이어들의 주문량에 따라 순위를 매겨서 장난기 어린 편지를 써 보냈다.

"귀사는 당사의 매출에 20만 달러의 기여를 해주셨습니다. 그러나 안타깝게도 귀사는 미국에서 매출량 순위 8등입니다. 감사드립니다."

그러자 그 회사에서 이렇게 답장이 왔다.

"우리 순위가 그렇게 낮습니까? 당사가 40만 달러로 매출을 늘리면 몇 등을 할 수 있나요?"

고객들과 신뢰가 쌓이니 농담도 할 수 있었고, 자그마한 실수가 있어도 믿고 넘어갈 수 있었다. 내가 견적을 잘못 내서 1달러 40센트짜리를 1달러 90센트 대금을 받은 일이 있다. 1년 뒤에 그 회사는 작년에 잘못된 금액을 돌려달라고 했다. 나는 내 실수를 솔직히 인정하고 기꺼이 그 차액을 돌려주었다. 그런 신뢰가 쌓여서 결국 그 회사는 20년간 우리 회사와 계속 거래하고 있다.

직접 수출에 나선 지 2년쯤 지난 어느 날이었다. 갑자기 사무실로 생각지도 못한 팩스 한 통이 왔다. 발신자는 흔히 '엠아이(MI)'로 불리는 미국 '머천트 임포터(Merchant Importer)'사였다. 첫 오더 금액이 100만 달러였다. 모든 직원이 환호성을 울렸다. 그렇게 시작된 엠아이의 오더는 200만 달러, 300만 달러로 늘어났다. 수출 100만 달러만 달성하고 싶다는 꿈으로 시작했는데, 거래처 한 곳에서만 200만 달러, 300만 달러의 주문을 받으니, 얼굴에 저절로 웃음꽃이 피었다. 즐겁고 신났다.

세계 액세서리 업계에서 미국 시장을 좌우하는 3대 바이어가 있는데 모두 유대인 형제들이다. 이 세 개 회사들은 서로 같은 회사와는 거래하지 않는 것을 불문율로 삼고 있었다. 하지만 그 회사들은 우리 회사의 합리적 가격, 정확한 인도, 정직성을 높이 사서 모두 우리의 거래처가 되었다. 나는 이런 주요 고객들에게 인정받았다는 사실이 너무도 뿌듯했다.

회사 이름을 '다산'으로 바꿀 때, 내 경영 모토는 '삼희삼락(三 喜三樂)'이었다.

"나와 사회 그리고 나라가 즐겁고, 모든 사람이 즐거우며, 인재를 아껴 국가에 봉사한다."

• 반월공장에서 동와이어를 생산중인 직원들.

위기에서 도전하고 성취하는 과정은 고통스러웠지만, 너무도 즐겁고 흥분되는 순간이었다. 다산은 급성장했다. 설립한 지 4년이 되는 1983년 회사의 재정이 원상회복되었다. 그런 실적을 인정받아 중소기업진흥공단은 다산을 공예품 생산 전문업체로 지정했다. 다음 해인 1985년 수출 200만 불 탑을 수상했다. 신용보증기금은 유망 중소기업 및 중견 수출 기업으로 선정하기도 했다. 공업진흥청의 KS마크도 취득했다.

1987년 9월, 반월공단에 1만 2,000톤 규모의 동과 동합금 선을 생산하는 공장을 지어 구로공단에 있던 공장을 이전했다. 그리고 선진 기술을 도입하기 위해 우수한 직원들을 미국, 일본, 캐나다 등에 파견해서 연수하도록 했다.

회사의 매출이 800만 달러로 늘어 업계의 선두주자로 도약하자 우리 회사가 덤핑한다는 비난이 들려왔다. 덤핑은 내가 손해를 보면서 싸게 파는 것이다. 하지만 우리는 원자재와 제품을 함께 생산했기 때문에 원가가 낮았다. 그에 따라 판매가격을 책정했으니 이것을 덤핑 가격이라고 할 수 없었다. 회사의 경쟁력이 제품 단가에 반영된 정당한 거래였다.

나는 우리 업계의 이단아다. 나는 금속공학을 정식 과정으로 공부한 일도 없고, 금속 산업 분야에서 경험이 없었다. 그런데 초심자가 쟁쟁한 업체들을 제치고 1위를 해서 나온 말이다. 나는 남들과 달리 생각하고, 비전문가로서 최선을 다해서 전문가의 반열에 오르는 즐거움을 누렸다. 회사가 성장하는 동안 함께 일하는 직원들도 즐거웠다. 다산의 수출 증가는 한국의 경제 발전에도 기여했다. 다산 선생님은 이렇게 이웃들과 함께하는 즐거움을 잘 표현했다.

맛은 혼자 느끼는 것이 아니다. 맛은 그 맛을 본 사람과 더불어 말할 수 있기 때문이다.

누군가와 과거의 희로애락을 나눌 수 있다는 것은 삶의 큰 축복이다. 직원들은 모두 이 역사를 알고 있고, 나와 함께 이 과정을 헤쳐왔다. 내게는 이들과 함께했던 무모한 도전의 즐거움에 관해 나눌 이야깃거리가 있다.

경영의 길

세상의
모든 사물들을
지킬 필요는 없다
다만, 자신은 반드시
지켜야 한다

사람경영

미래는 인공지능(AI)이 사람을 대체한다고 한다. 내 손자들의 미래가 걱정되는 시대가 되었다. 하지만 사람만이 할 수 있는 일은 남아 있을 것이라 믿는다. 우리 회사의 동선, 동파이프 제조 공정은 상당 부분 자동화되어 있어서 이를 관리하고 운영하는 최소한의 인원만 필요하다. 이제는 이 최소 인원이 얼마나 최선을 다하고, 집중해서 공장을 관리하는가에 따라 생산 결과가 달라졌다. 액세서리 생산 라인도 크고 작은 부품들은 기계로 만들어 내고 있지만, 그것을 조합하여 제품을 만들어 내는 일은 사람의 손을 거쳐야 한다. 생산하는 사람이 어떤 마음으로 얼마나 집중하는지에 따라 생산량이 달라진다. 사무실도 마찬가지다. 직원들이 자신의 자리에서 자신의 역할을 정확히 이해하고 얼마나 마음을 다해 일하는가에 따라 업무 효율성이 달라진다.

모든 직원들과의 관계가 가장 중요했다. 경영 목적과 원칙을 이해하고 자발적으로 일하는 분위기 속에서 탁월한 결과가 나오는 것을 알았다. 이런 분위기를 만드는 것이 경영자인 내 역할이다. 회사의 성장을 위해 필요한 것은 좋은 사람들이었다. 경영은 나 혼자 할 수 있는 일이 아니기 때문이다.

항상 배움을 추구하는 것은 내가 어릴 때부터 배운 삶의 태도였다. 그런 의미에서 내 평생교육의 장은 인간개발연구원이었다. 인간개발연구원은 장만기 회장이 1975년도에 설립했는데, 조찬학습문화와 지방자치교육의 원조 경영교육기관으로 유명하다. 나는 인간개발연구원의 소그룹 모임인 '인경회'에 소속되어 서로의 발전을 격려하는 활동을 했고, 40여 년간 조찬 모임에 꾸준히 참석하면서 배움을 이어나갔다. 그곳에서 나는 마음의 양식을 얻었고, 사업의 열정을 불태울 수 있었다.

• 인간개발연구원 장만기 회장님과 인터뷰 시간.

나는 인간개발연구원에서 'LMI'라는 리더십 프로그램에 참가했다. 그 과정에서 당시 인간개발연구원 원장인 양병무 박사를 만나서 리더십에 관해 많이 공부할 수 있었다. 나는 우리 회사 직원들에게도 배움의 기회를 제공해야겠다고 생각했다. 그래서 우리 회사의 부장급 이상 8명이 주 1회씩 10주 동안 훈련 과정에 참여하기도 했다. 회사 일이 바쁠 때는 양 원장이 직접 반월 공장까지 교육을 진행해주기도 했다. 적지 않은 교육 비용을 지급했지만, 그것은 탁월한 투자였다. 교육과정을 통해 직원들이 인간적으로 친밀해지고 동기 부여되는 효과가 있었다. 그 당시 교육을 마친 부장급 이상 8명의 직원이 회사의 핵심 리더로 성장했다.

그 후로도 양병무 박사는 나를 글쓰기 모임인 에세이 클럽에 참여하도록 추천하고 격려해주셨다. 그 클럽에서 진정한 글쓰기는 마음 수양을 바탕으로 한다는 사실을 깨달았고, 다산 선생님에 대한 뜻에 공감하는 성원교역의 김창송 회장을 만나서 즐거웠다.

나는 직원들이 서로 긍정적인 관계를 맺을 수 있도록 워크숍, 야유회, 운동회 등을 수시 개최했다. 그 과정에서 애사심과 공동체 의식이 생겼다. 나는 직원들의 복지를 개선하기 위해서 식당의 식단 수준을 높였다. 직원들에게 보너스와 자녀 장학금을 지급했다. 다른 회사보다 높은 급여를 지급하고자 했다.

회사의 외형은 빠르게 성장했지만, 회계상 수익이 복구된 시점은 1983년이었다. 액세서리 업계에 들어올 때는 나 때문에 피해 보는 사람이 없으면 여한이 없겠다는 생각으로 시작했다. 그런데 막상 적자에서 벗어나 회사를 정상화시키고 나니 다른 생각이 들었다. 돈 벌어보겠다고 시작했는데 6년 만에 겨우 원상회복에 이르고 나니 뭔가 허전한 마음이 들었다.

그런 허탈한 마음도 잠시였다. 이후 1985년까지 다산은 급성장했다. 사업이 마치 살아 있는 생명체 같았다. 일정한 기반을 닦아놓으니 눈덩이처럼 불어나는 것에 놀랐다. 1984년에는 성수동 건대입구역 근처에 4층짜리 본사 건물도 구매했고, 다음 해인 1985년에는 수출 200만 달러 이상을 달성하는 쾌거를 이뤘다.

그다음 해인 1986년에 인건비가 30퍼센트나 인상되었다. 불어나던 눈덩이가 주춤해졌다. 1987년은 6·29선언으로 대통령 직선제 시대가 열린 기념비적인 해였다. 민주화 열풍 속에 사무직 노동자들의 노동조합이 결성되는 등 조합 열풍이 일었다. 구로공단에서도 회사마다 노동조합 결성으로 노사관계는 갈등의 시기에 접어들었다. 그러나 우리 회사는 노사의 갈등 없이 반월공단에 동선을 제조하는 공장을 준공하여 이사했다. 나는 다산 선생님의 이 말씀을 늘 마음에 새겼다.

담백한 마음을 가진 사람은 그 행동에 가식이 없다.

나는 회사에서 늘 담백하게 행동하고자 최선을 다했다. 꾸밈 없이 정직하게 말하고, 자연스러운 관계를 맺고자 한다면 그런 담백함이 조직에 확산될 것을 믿었다. 그리고 직원을 뽑을 때도 그런 성품을 가진 사람을 채용하고자 했다. 성실하고 정직한 사람인지 여부가 중요했다. 이런 사람에게 능력도 있다면 금상첨화였다. 하지만 능력만 있는 사람은 중소기업에 오래 머물지 않기 때문에 조심해야 했다. 성실하고 정직한 성품, 업무 능력을 갖춘 인재는 감춰진 보물과 같았다.

하지만 처음 사업할 때는 조급하게 사람을 구하다 보니 시행착오를 거쳤다. 정말 괜찮은 사람들은 이직하는 경우가 드물고, 나도 사람 보는 안목이 부족해서 실패하는 것이 당연했다. 나는 함께 일하는 사람들을 소중히 여기고 존중하는 태도에서 경영이 시작한다고 믿는다. 이런 진실함으로 다가갈 때, 직원들도 꾸밈없이 정직한 태도로 일하는 것을 보았다. 서로 상생하는 인간경영의 길은 결코 먼 곳에 있지 않았다.

흐름을 읽어내는 눈

시대의 흐름에 역행하면 실패가 기다린다. 오일쇼크 악재에 테니스장 사업이 타격을 입었고, 박정희 대통령 시해 사건에서 야기된 국가신인도 하락에 신우특수공업사도 부도 위기에 직면했다. 이 쓰라린 경험을 통해서 나는 국내외 정치 및 경제 동향에 따라 사업의 미래가 달라지는 것을 몸으로 느꼈다. 단지 정보를 듣고 이해하는 것으로는 부족했다. 그 정보에 근거해서 미래의 흐름을 읽어내는 능력이 필요했다. 나는 사업가는 학자처럼 공부하는 직업이라고 생각한다. 무지의 결과는 파산이다. 정치, 경제, 지리, 사회학 등 사회과학뿐만 아니라 문학, 예술, 심리학, 철학 등 인문학적 소양도 필요했다. 비즈니스는 사람을 만나는 일이기 때문이다. 사업이 바빠서 공부할 수 없다고 말하는 것은 어불성설이다. 바쁘기 때문에 더 배워야 한다.

조찬 모임은 내게 유익한 학습의 장이었다. 매월 이른 아침에 열리는 한국부품소재투자기관협의회 개최 CEO 서밋(Summit) 조찬 포럼에 참석했다. 이 모임은 세계시장에서 전망 있는 차세대 핵심 기술을 눈여겨볼 학습의 장이었다. 특히 정부가 어떤 사업을 지원하는지를 간파할 수 있었다. 기업이 어떤 부품 소재 분야에 진출하는 것이 정책적 지원 차원에서 유리한지 가늠할 수 있는 좋은 모임이었다.

내 평생교육의 장은 인간개발연구원이었다. 나는 조찬 세미나에 참여하여 모든 분야에 걸쳐 탁월한 리더 혹은 석학의 강의를 들었다. 다양한 전문가들이 강의하고, 참여한 기업가들이 질의하곤 했다. 나는 사업의 결정적인 시기에 문제 해결의 실마리를 강의나 토론 중에 얻곤 했다. 회사 일이 복잡할수록 더 열심히 세미나에 참석했다. 강의를 듣다 보면 사업상 스트레스를 잠깐이나마 잊을 수 있었다. 편하게 이야기를 듣다 보면 문제에 대한 답이 자연스럽게 떠오르곤 했다. 그런 의미에서 나는 세미나 중독자라고 할 수 있다. 마치 종교인들이 각종 집회에서 정신적인 고양을 얻듯이 나는 강의를 통해서 깊은 충만감을 얻었다. 공부는 평생의 취미였다. 이런 세미나에 취미를 붙인 것은 참 잘한 일이었다. 급변하는 세상 속에서 공부를 취미로 삼았기에 나는 스트레스를 극복하면서 차분하게 문제를 풀어나갈 수 있었다.

좋은 사람이 좋은 세상을 만듭니다   (KHDI) 인간개발연구원
                                        KOREA HUMAN DEVELOPMENT INSTITUTE

BETTER
BETTER PEOPLE
WORLD

제2의 중국, 개성신화 창조를 위하여

머릿글 강남베스트클리닉 원장 이승남
11월 프로그램
화제의 강연 고려대 교수 함성득
커버스토리 (주)다산 회장 윤영상
다산기행 주5일넷(주) 이용원
지자체특강 행정자치부 차관 최양식
발행인 편지
세상을 보는 눈 남서울대 교수 유영대
회원 & 연구원소식
LMI for Your Personal Leadership
Culture Special
구건서의 HR칼럼 노무법인 B&K 대표 구건서
Health Info 서울대병원 웃음치료간호사 이임선
문용린칼럼

표지인물 윤영상 회장 / 사진 오경근 원장

2007 November 11

• 인간개발연구원의 『Better People Better World』의 커버스토리.

1982년 어느 날 인간개발연구원 세미나 시간이었다. 그날은 장기신용은행 상무가 기업 대출에 관해 강의를 했다. 그 강의를 듣고 전혀 몰랐던 대출 가능성을 발견했다. 그날 즉시 여의도지점에 방문하여 서류를 제출했더니 다음 날 2억 원의 대출을 받을 수 있었다. 그 당시만 해도 다산처럼 작은 중소기업은 장기신용은행을 이용할 엄두도 못 내던 시절이었다. 하지만 세미나 덕분에 은행을 이용하는 기회가 열린 셈이었다. 당시 시중 은행의 기업 대출이자가 15퍼센트 수준이었는데 10퍼센트대 이자로 대출을 받았으니 큰 이득이었다. 나와 함께 오랜 시간에 걸쳐 조찬 세미나에 참여하는 회원들 대부분이 사업에 성공했다. 지금까지도 꾸준하게 회사를 경영하고 있다. 이 세미나는 내게 사업을 위한 직접적인 정보를 제공했을 뿐만 아니라 내 마음에 문화, 예술 등 다방면에 걸친 풍요로움을 선사했다. 고려대학교 무역대학원, 매경/외대 차이나 글로벌(China Global) 전략과정 등의 다양한 교육과정에 참여하면서 배움의 즐거움과 좋은 친구들을 얻을 수 있었다.

•부품소재기업 최고경영자과정 수료식.

1987년은 우리나라 민주화 역사에 중요한 해다. 민주화의 열기 속에 사회 곳곳에서 다양한 요구들이 봇물 터지듯 터져 나왔다. 많은 회사들에 노동조합이 만들어지고 임금이 상승했다. 임금상승률이 높으니 가격경쟁력은 더 떨어졌다. 그나마도 우리나라 젊은이들이 생산 공장에서 일하는 걸 3D업종이라고 피하는 현상도 일어나 인력 확보도 어려웠다. 국내에서는 원자재 수급이 불안정했고, 업계 임금이 연 20퍼센트씩 상승했다. 1987년 이후 계속되는 원화 절상으로 동(銅) 원자재 수급이 불안정해질 우려가 커졌다. 나는 적극적으로 이 문제를 해결하고자 백방으로 뛰었다. 조달청에서 보유한 비축 물자가 있었고, 그 동을 공급받아 급한 불은 껐다. 하지만 이런 상황이 지속된다면 심각한 문제였다.

그런데 문제는 국내뿐 아니라 해외에서도 생겼다. 우리나라에 대한 일반특혜관세제도(Generalized System of Preferences)가 중단된 것이다. 이제까지는 개발도상국으로 공산물과 농수산물, 제품과 반제품 등을 미국에 수출할 때 면세 또는 세율 감면 혜택을 받아왔지만 더 이상 그 혜택을 누릴 수 없게 되었다. 한국산 제품에 이전에 없던 관세가 부과되니 이것은 수출 경쟁력의 약화로 이어졌다. 한국산 제품의 경쟁력이 떨어지자 플라스틱 제조를 하던 홍콩과 대만이 금속 제품의 수출을 늘려서 미국 시장을 적극적으로 공략하기 시작했다. 새로운 경쟁국들이 등장하면서 시장이 포화되기 시작했고, 관세 부담으로 수출마진율도 떨어졌다.

이 급변하는 시기에 우리는 반월공단에 1,300평짜리 공장을 지어 이사하고, 우리는 부품 소재를 다양화하기 위해 신소재인 양백선(洋白線)을 개발하여 판매하기 시작했으며, 황동판, 황동파이프, 니켈 신소재도 개발했다. 세계시장에서 경쟁은 극심해지고, 국내 생산 환경은 극히 좋지 않았다. 이른바 세계화의 바람이 분 것이다. 그 속에서 우리는 어떻게 생존할 것인가? 기업도 정부도 고민이었다. 살아갈 길을 모색해야 했다. 나는 다산 선생님의 말씀을 가슴에 새겼다.

고요히 머물면서 역동적으로 관찰해야 한다. 내면이 차분하게
머물러야 움직이면서 관찰할 힘이 생긴다.

나는 차분하게 헤아려 보면서 현실을 주목해야 한다는 가르
침을 기억했다. 주변 상황을 모두 종합하여 차분하게 살펴보니
세계화에 부응하는 해외 생산기지를 만들어야 한다는 사실을
깨달았다. 지금껏 가지고 있던 고정관념을 깨고 모든 경계를 넘
어서야만 새 길을 열 수 있었다. 세계화의 소용돌이에서 우리의
살길은 적극적으로 앞서 나가는 것뿐이었다.

마침 신용보증기금 주관으로 전경련을 통해 해외시찰단을 모
집하고 있었다. 시장 개척과 투자 가능성을 타진하기 위해 태
국, 필리핀, 말레이시아 등 동남아시아를 둘러보는 프로그램이
었다. 나는 시찰단에 참여해 직접 현지를 돌아보았다. 동남아시
아 공장 설립과 지사 설치를 고려해보았지만, 투자의 효율성이
불분명해서 투자를 보류했다.

당시 영국 상무성은 해외투자를 유치하기 위해 주한 영국 대
사관을 통해 해외투자를 추진하는 한국 기업을 조사했다. 주
한 영국 대사관은 내가 생산기지를 세계화하고자 하는 정보를
확인하여 우리 회사의 사정을 본국에 보고했다. 영국 상무성은
투자 대상국으로 영국을 홍보하기 위해 나를 영국에 초청하고
자 했다. 하지만 나는 거액의 여비를 써가면서 영국을 방문할

필요는 없다고 생각해서 이 초대를 거절했다. 그러자 영국 정부는 비즈니스 클래스 항공권, 현재 체재비를 포함해 모든 비용을 부담할 것이니 방문해달라고 제안했다. 나는 그 제안을 수락했다. 런던행 비행기를 타려는 순간, 항공사에서 내 비즈니스 티켓을 퍼스트클래스로 업그레이드해주기도 했다. 난생처음으로 퍼스트클래스를 타는 호사를 누렸다. 북아일랜드, 웨일스, 맨체스터, 버밍엄, 런던 등을 15박 16일 일정으로 시찰하는 프로그램이었다. 영국의 15개의 대표적인 기업을 방문하기도 했다. 하지만 영국에 대한 투자는 그 효율성에 의문이 들었다. 내가 투자하기 곤란하다는 의사를 표시하는 순간, 영국 상무성 담당자가 낙담하던 표정이 지금도 잊히지 않는다. 그다음 행선지는 중국이었다.

만리장성을 넘어서

1988년 11월, 나를 포함한 전경련 2차 중국방문단이 김포공항 국제선 출국장에 모였다. 우리는 일본 후쿠오카를 거쳐 중국 상하이로 향했다. 그때는 한국과 중국이 정식 수교를 맺기 전이라 중국 직항은 없었다. 정치적으로는 공산국가인 중국은 가깝지만 먼 나라였다. 1980년대 말 세계의 냉전체제 붕괴가 감지되었다. 소련에서는 '철의 장막'이, 중국에서는 '죽의 장막'이 서서히 걷히는 과정이었다. 나는 이런 추세로 가면 우리나라도 중국과 수교할 가능성이 있다고 보았다. 미래학자들은 중국을 '잠에서 깨어나는 용'에 비유하기도 했다. 나는 중국방문단에 참여하여 새로운 생산기지를 건설해 투자할 수 있는지를 타진해보고 싶었다.

시찰단은 항구 도시 상하이와 칭다오를 둘러본 뒤 옌타이(煙臺)와 수도 베이징을 돌아보는 일정을 세웠다. 중국 정부는 과거와 달리 외국 기업을 유치하는 데 적극적이었기 때문에 기업인들의 투자시찰단을 환영했다. 하지만 중국으로 가는 길은 멀었다. 비자 받기가 복잡했고, 안보교육원에서 정신교육도 받아야 했다.

우리 일행이 상하이공항에 도착한 것은 저녁 어둑할 무렵이었다. 죽의 장막을 뚫고 들어온 것이다. 당시 상하이는 우리나라 1950년대와 비슷한 소박한 마을에 불과했다. 인구 1,000만 명이 거주한다고는 하지만 비행기에서 내려다본 상하이의 야경은 전기가 없는 것처럼 전체 도시가 컴컴했다. 무엇보다 11월의 날씨는 추웠다. 비행장의 시설과 공항 건물은 허술하고 어두침침했다. 아무리 사회주의 국가라지만 너무 초라했다. 너무 추워서 얼른 공항 건물 안으로 들어가고 싶었다. 하지만 공항 문이 잠겨서 들어갈 수가 없었다. 공항 직원이 출입문을 잠근 채 식사를 하러 가버렸기 때문이다. 비행기가 도착하는 시간에 맞춰 출입구를 열어두고 외국 손님을 맞이하는 것이 공항의 기본적인 업무였지만 당시의 업무 처리 방식은 내 상식 밖이었다. 직원들은 서비스 정신이 부족했고, 전반적인 시스템도 뒤떨어져 있었다. 모든 것이 국가 주도로 운영된 결과가 가져온 폐해가 눈에 띄었다.

다음으로 인구 600만의 항구 도시 칭다오를 찾았다. 다행히 그날은 상하이에 비해서 따뜻했다. 칭다오호텔에 짐을 풀고 바다를 보니 수영하는 사람들이 보였다. 한겨울에 바다에서 수영하는 진풍경에 놀랐다. 호텔 식사는 도저히 먹을 수 없을 정도로 엉망이었다. 항구 도시다 보니 길거리에 사람들도 많았고,

차도 꽤 눈에 띄었다. 그러나 교통질서는 어디에서도 찾아볼 수 없었다. 그래도 내가 중국에 투자한다면, 칭다오로 와야겠다는 생각을 했다. 항구가 있어서 물류가 편리한 장점이 있었고, 인구도 많아서 인력 수급이 원활할 것으로 보였기 때문이다. 게다가 상하이에 비해 공기도 맑고, 도시의 느낌이 활기차 보였다. 아마도 따뜻한 날씨와 깨끗한 도시 환경에 내 마음도 열렸던 것 같다.

다음은 역시 항구 도시인 옌타이를 찾았다. 여덟 명의 신선이 모여 놀았다는 설화가 내려오는 봉래각을 찾아 돌아보았다. 바닷가에 있는 2층 누각이었지만, 나는 비즈니스에만 마음이 있어서 관광에는 별로 흥미가 없었다. 마지막으로 중국의 수도 베이징도 방문하여 천안문과 자금성도 둘러 보았다.

당시 베이징에는 두산그룹에서 직영하는 '두산주가'라는 식당이 있었다. 우리 옆에는 김일성 배지를 단 북한 동포들이 식사하고 있었다. 우리는 이국땅에서 같은 언어를 사용하는 사람으로 만났지만, 서로 말 한마디 건넬 수 없었다. 남북의 동포들이 서로 피하는 비극적인 상황이 연출되었다. 같은 민족이지만 현실 정치를 부정하기 어려웠다. 우리 전경련 경제협력단은 그 식당에서 김치찌개 10인분을 먹었는데, 1,000달러의 청구서가 나왔다. 1인당 100달러는 너무 과했다. 중국 정부가 외화벌이에 얼마나 집착하는지 느낄 수 있는 대목이었다.

중국에 다녀온 전경련 시찰 기업인들은 예측할 수 없는 사회주의 국가에 투자하는 일은 너무 위험하다고 하나같이 입을 모았다. 나만 중국 투자에 긍정적이었다. 중국에서 가능성을 보았다. 베트남, 말레이시아, 필리핀, 태국 등 동남아 국가들과 중국을 비교하면서 투자 가능성을 꼼꼼히 계산해보았다. 그때 회사에 한 통의 텔렉스(telex)가 날아왔다. 칭다오 시장인 유종성 당서기가 나에게 초청장을 보낸 것이다. 중국은 당원과 정부를 통하지 않으면 아무것도 할 수 없는 인맥 사회였다. 유종성 칭다오 시장은 일곱 명으로 구성된 '태자당'의 구성원이었다. 그 7인 중 한 명이 국가주석이 된 시진핑(習近平)이었으니 유 시장은 중국에서 상당한 거물 정치인이었다. 나는 그 초청을 받아들여 우리 직원 세 명과 함께 다시 칭다오를 찾았다.

• 청도다산 창립 행사에 참석한 유종성 칭다오 시장.

중국과 수교 전이었기 때문에 칭다오에 가는 방법이 복잡했다. 일단 홍콩으로 가야 했다. 거기서 베이징을 거쳐 칭다오로 가거나, 심천과 광주를 통해 칭다오로 가는 방법 가운데 택해야 했다. 홍콩신화사통신에서 중국 비자를 받는 데만 일주일이 걸렸다. 호텔에서 매일 비자 발급 여부를 확인하느라 애가 탔다. 비자를 받고 공항에 갔더니 중국행 비행기에 좌석이 없어서 한 사람만 비행기를 타는 해프닝을 벌여야 했다. 나는 두 직원들과 함께 홍콩에서 심천을 통해 광주로 가기로 했다. 마침 광저우에서 주얼리쇼가 열렸기 때문에 그곳을 방문하고 칭다오로 가는 것이 좋다고 판단한 것이다. 그런데 광주 주얼리쇼 표를 구하기가 어려웠고, 광주에서 칭다오 가는 비행기 표도 구할 수 없었다. 결정적으로 우리 비자가 단수비자라 비자 연장을 할 수 없었다. 광주에서 택시를 타고 홍콩으로 가서 비자를 새로 발급받아야 했다. 이런 우여곡절을 거쳐 칭다오에 도착했다. 그리고 중국의 상공회의소라 할 수 있는 칭다오상회를 통해 공장 부지를 소개받았다. 며칠 동안 장소를 물색한 끝에 칭다오 류팅(流亭)에 공장을 세우겠다는 결정을 했다.

투자처를 찾는 내 기준은 다섯 가지였다. 직원들의 인건비, 직원들의 식사, 한국과의 거리, 규모, 타이밍이었다. 이 중에서 가장 중요한 것이 한국과의 거리, 즉 공장의 위치였다. 주얼리는 굉장히 광범위한 분야라서 거래처가 다양하다. 본사와 생산 공장이 긴밀하게 협조해서 제품을 선적해야 한다. 여러 차례 태국을 방문해본 결과, 중국 화교의 체인공장과 고가의 준보석류인 화인주얼리 공장이 이미 들어가 있었고, 우리나라와 거리가 너무 멀어서 수출에 적당하지 않다는 결론을 내렸다. 동남아에 대한 나름의 관점을 가지고 있었기 때문에 이 기준에 비추어 중국의 장점을 간파하는 것은 어렵지 않았다.

1990년 2월, 나는 투자를 결심하고 칭다오를 다시 방문했다. 그리고 그해 4월에 중국 정부로부터 칭다오시 공장 지역 50년 임차각서를 받고 투자 계약을 맺었다. 같은 해 8월 16일 '청도다산인조수식유한공사(靑島茶山人造首飾有限公司)'를 설립했다.

• 청도다산 준공식 날 아버지와 함께.

신용보증기금으로부터 보증서를 발급받아 장기신용은행에서 대출을 받았다. 이 자금으로 최초에 공장 짓는데 98만 달러를 투자했다.

나는 중소기업 경영자의 한 사람으로 신용보증기금에 진심으로 감사한 마음을 가지고 있다. 신용보증기금은 다산이 중국으로 진출하는 데 결정적인 도움을 주었다. 신용보증기금은 나와 같은 기업인들이 동남아시아 해외 시찰을 할 기회를 제공했고, 기업들이 함께 모여 정보를 교류하고 교육받을 수 있는 장을 마련해주기도 했다. 나는 신용보증기금을 중심으로 모인 기업들의 모임인 '신우회'에서 총무 역할을 하면서 많은 기업인들과 신용보증기금의 가교 역할을 하기도 했다. 그 당시 기금의 평직원이던 행원이 지점장이 되어 나를 일부러 찾아와 반갑게 인사를 건네는 순간 마음이 행복했다. 우리 다산과 신용보증기금이 함께 성장했다는 마음이 들었다.

나는 신용보증기금 제도가 한국 기업 역사에 중대한 역할을 수행했다는 사실을 분명하게 지적하고 싶다. 처음에는 보증제도가 악덕 사업가들에 의해서 부실 대출을 위한 수단으로 악용된 사례도 있었다. 하지만 신용보증기금 제도는 점차로 중소기업의 숨통을 터주는 탁월한 금융 지원 정책으로 자리를 잡았다. 특히, 다산과 같이 비약적인 성장 과정을 거친 기업에게 신용보증기금의 존재는 필수적이었다. 사업 확장에 보수적인 은

행들은 우리와 같은 기업의 도전적인 투자에 의구심을 가졌지만, 신용보증기금은 사업의 내용을 구체적으로 살펴본 뒤 신용을 제공하는 데 적극적이었다. 국내 소규모 기업이 중견기업으로 확장하는 데 있어서 신용보증기금의 지원은 결정적이었다. 나는 금융과 기업의 건강한 동반자 관계의 모델이 신용보증기금의 금융 지원 제도라고 생각한다.

214명의 생산관리직을 둔 어엿한 회사를 열게 되었다. 다산의 칭다오 시대가 시작된 것이다. 다산 선생님은 중국 연경으로 떠나는 관리에게 이런 편지를 썼다.

중국은 동서남북 중에서 한가운데를 얻었기 때문에 어느 땅이나 중국이라고 할 수 있습니다. 동쪽 나라라고 할 수도 없고, 가운데 나라라고 할 수도 없습니다. 어디나 중국이기 때문입니다.

나는 내가 서 있는 이 중국 땅을 세상의 중심이라고 생각했다. 그 중심에서 나는 세계를 품에 안고 호령하겠다고 다짐했다. 두려움 없이 과감하게 전진할 일만 남아 있었다.

기업가의 미덕

　다산이 중국에 진출한다는 이야기는 업계의 스캔들이 되었
다. 1990년경 다산은 매출 84억 원, 수출 700만 달러의 실적을
자랑하는 선두기업이었다. 그런 기업이 중국에 공장을 짓겠다
면서 체인 제작 기계와 기술진을 파견하자 국내 업계에서는 반
대하는 움직임이 일어났다. 한국 업계는 우리의 중국 진출이
국내 업체에 지장을 초래한다는 기사를 경제신문에 게재했다.
심지어는 청와대에 다산의 중국 진출을 금지해달라고 진정서를
내기도 했다.

• 청도다산 외부 전경.

하지만 나는 흔들리지 않았다. 세계시장의 수요에 비해 국내 생산량이 턱없이 부족했기 때문이다. 홍콩, 대만 같은 경쟁국과의 수출 경쟁에서 살아남기 위해서는 장기적으로 해외투자만이 유일한 해결책이라고 생각했다. 나는 중국에 무한한 잠재력이 있음을 보았다. 입지상 한국과 가까웠을 뿐만 아니라 중국 내수시장의 성장 가능성은 매우 컸다. 당시 중국 정부도 투자유치에 매우 적극적이었다. 한국에서의 임금이 20~30퍼센트씩 상승하는 시기에 중국의 임금은 국내의 50분의 1 수준에 불과했다. 국내 생산직 직원들에게 100만 원 이상의 급여를 지급해야 했지만, 중국의 임금은 2만 원 수준에 머물렀다.

우리에게는 액세서리 원자재를 직접 생산한다는 경쟁력이 있었다. 청도다산의 거의 모든 원자재를 국내 사업체인 ㈜다산 제품에서 공급할 수 있었다. 우리는 다른 경쟁업체에 비해서 가격 경쟁력을 가질 수밖에 없다고 확신했다.

20년 전 중국 사회는 낙후된 사회였다. 부정부패가 만연했고, 서비스 정신도 없고, 공장은 작고 관리 상태도 엉망이었다. 게다가 외국 사람이 비즈니스를 하기에는 행정 절차가 너무 복잡했다. 사람들은 공산주의 국가인 중국에서 어떤 일이 벌어질지 몰라 진출하기 두려워했다. 그러나 나는 중국 정부가 개방정책에 대해 강력한 의지를 가지고 있음에 주목했다. 그들은 한국기업을 유치하려고 굉장히 노력했다. 하지만 그런 노력들은 결실을 맺지 못했다. 나는 이런 위험과 단점을 기회라고 판단했다. 언젠가는 직항이 뚫리고 배가 운항하게 될 것이라고 생각했다. 중국이 발전하는 만큼 나도 함께 성장하고, 우리나라도 성장할 것이라는 믿음이 싹텄다. 내 믿음은 1년 만에 현실이 되었다. 인천에서 칭다오까지 카페리호가 운항하기 시작했고, 칭다오와 인천을 오가는 직항이 개설되었다. 그리고 2년 뒤에는 한국과 중국이 수교를 맺기에 이르렀다. 다산은 한국 전체 기업 중 세 번째로, 액세서리 업체로는 첫 번째로 칭다오에 진출했다. 그때 나는 마음에 다짐했다.

'혼자 독식하지 않겠다. 중국 사람들과 함께 기뻐하겠다.'

• 청도다산 10주년에서 주가빈 칭다오 부시장이 칭다오시 경제발전 기여 공로를 인정하여 회화를 선사함.

개업식 때 칭다오 시내의 주요한 지도자들을 초청하고, 그들 앞에서 "칭다오맥주에 버금가는 청도다산이 되겠다."고 선언했다. 그 내용을 중국어로 번역해서 손님들에게 나눠주었다. 유종성 당서기는 내게 "한국의 조그만 중소기업인이 안광(眼光)이 있다."고 말하면서 즐거워했다. 이후 그는 청도다산이 현지에 자리 잡기까지 많은 도움을 주었다. 그리고 20년의 세월이 흐르는 동안 '청도다산'은 세계적으로 액세서리업의 메카가 되어 칭다오맥주와 함께 칭다오의 성장에 도움을 주었다.

많은 사람들의 우려와 달리 다산의 칭다오 진출은 대성공이었다. 성공은 철저한 현지화의 결과였다. 현지인들의 마음을 얻지 못하면 성공할 수 없다는 것이 나의 지론이었다. 당시 칭다오의 중국인들 사이에는 한국 기업 입사를 선망하는 분위기가 높았고, 우리 회사도 창립기념일 체육대회, 노래자랑 등 단합대회로 즐겁게 일할 수 있는 분위기를 만들어 주었다.

"아름다운 두 손으로 신중국을 건설하자.
아름다운 두 손으로 미래를 창조하자.
아름다운 두 손으로 다산을 창조하자."

이 '삼희삼락' 정신을 플래카드로 걸어놓고, 가나안농군학교에서 배웠던 강령을 직원들과 함께 읽어내려가면서 참다운 정신을 마음에 새겼다.

특히 우리 제품의 공정은 직원들 개개인의 섬세한 손길이 중요한 작업이었다. 불량률 발생의 여부는 전적으로 생산 직원들의 업무 태도에 달려 있었다. 그래서 일정량 이상의 생산 목표가 달성되면 초과분에 대해 수당을 지급하는 '능률제'를 실시하기도 했다. 그 결과 생산 효율도 높아지고, 수익성도 개선되었으며, 직원들의 수입도 그만큼 늘었다. 회사와 직원들이 상생하는 분위기가 있다 보니, 직원들 대부분이 20년 이상 장기 근무했다. 칭다오로 진출한 지 1년 만에 매출이 140만 달러, 10년 만에 1,000만 달러, 20년 만에 3,000만 달러로 늘어났다.

처음 청도다산은 공장에서 생산하여 한국으로 제품을 보내는 생산기지에 불과했지만, 수출하는 길이 열리면서 더욱 본격적인 수출 기업으로 자리 잡게 되었다. 그 과정에서 서로 신뢰할 수 있는 중국인 파트너와의 만남이 사업 확장에 결정적인 계기를 제공해주었다.

나는 『목민심서(牧民心書)』를 중국어로 번역하는 일을 시작했다. 『목민심서』를 통해 다산 선생님의 정신을 중국인들에게 소개하고자 중국어판 『목민심서』를 주변에 배포했다. 칭다오 지역 학생들에게 장학금을 지원하기도 했고, 중국 정부가 하는 일에 적극적으로 협조했다. 이렇게 함께 잘살겠다는 마음으로 사업하다 보니 기업 문화나 이미지가 좋아졌다. 그 결과 중국사회과

학원도 다산의 기업 활동, 이념 등에 대해 긍정적인 평가를 내리기도 했다. 회사 매출이 늘어나 세금을 많이 내다보니, 세관에서도 다산의 업무를 우호적으로 처리해주었다.

당시 중국에 진출한 외국 기업들이 모두 자국에서만 대출받아 사업하고 있었다. 하지만 나는 중국 은행을 통한 대출에 관해 연구하고 도전했다. 그런 도전정신이 결실을 맺어서 현지 은행에서 200만 달러를 대출받기에 이르렀다. 우리 회사에 대한 이미지와 신뢰도가 높아서 가능한 일이었다. 도전하지 않았으면 받을 수 없었던 큰 혜택이었다.

다산이 진출한 지 10년쯤 지났을 때, 중국으로 나갔던 우리 직원들 중에서 독립해서 창업하는 사람들이 나왔다. 그 수를 합치면 100명이 넘을 것이다. 청도다산은 직원들이 새롭게 창업할 수 있는 창업센터 역할을 한 셈이었다. 중국에 빨리 진출한 덕분에 삼성전자로부터 제품 생산 제안을 받기도 했다. 가격 조건이 맞지 않아 중단했지만, 우리 직원들 가운데 삼성전자로 간 사람들도 있었다.

진출 20년 후인 2010년 칭다오에는 6,000여 개의 한국 기업체와 600여 개의 액세서리 업체가 활발하게 사업을 펼쳤다. 초기에 수백 명에 불과했던 한국인들이 10만 명 이상으로 늘어났다. 개업 당시 한중수교 전이라 힘든 상황도 많았지만, 중국 정부의 지원과 현지 직원들의 땀과 노력으로 성장한 것이다. 우리는 액세서리 쪽과 관련해서 새로운 품목들을 개발해서 공장을 많이 지어 승승장구했다. 특히 1997년 IMF 때 환율이 급상승했을 때, 중국에서 낮은 생산원가로 만들어서 미국 등으로 수출하여 달러를 벌어들였다. 회사로서는 중국으로 진출하는 모험이 큰 도움이 된 셈이다.

칭다오는 20년 만에 직할급 도시로 승격을 추진하게 될 만큼 급성장했고, 특히 세계적으로 액세서리업의 3대 메카 중 하나가 되었다. 칭다오가 그런 명성을 얻게 된 이유는 매출 규모가 큰 우리 청도다산 때문이기도 하지만, 한중수교 이후 국내 800여 개의 액세서리 업체들이 칭다오로 들어왔기 때문이다. 나는 '청도한국기업협의회'를 만들어 이들에게 자문해주며 칭다오 진출을 적극적으로 도왔다. 칭다오 진출 후 1년까지만 해도 여권 갱신을 위해 베이징까지 가야 하는 등 불편한 점들이 많았다. 중국은 정치가 중요한 사회였기 때문에, 나는 한국 기업들이 뭉쳐서 사업 환경을 개선하기 위한 정치적인 힘을 가져야 한다고 생각했다.

우리는 '청도한국기업협의회'를 만들어 10년 동안 회장 기업으로 이들의 칭다오 진출을 도왔다. 청도다산의 총경리(현지 사장)는 삼양식품의 총경리로 발령받았던 유명한 중국통 최영철 사장이었다. 그는 공장 부지를 선정할 때부터 우리와 함께한 창립 멤버였다. 당시 국내의 어떤 기업이든 중국 진출을 하려면 우리 회사를 방문했다. 최 사장은 매우 긍정적인 사람이라 문의하는 사람은 무조건 오라고 해서 도움을 주었다.

국내 중소기업청 등에서 다산의 경험을 강의하고, 중국에서 투자 유치를 위해 한국에서 설명회를 하면 우리 회사의 사례 발표도 했다. 우리 다산이 칭다오시 투자 유치에 중요한 역할을 했다는 내용이 칭다오시 공식 사료에 남아 있다. 한국의 방송 프로그램에서는 2015년 8월 5일 YTN 한중수교 20주년 특별기획 '미래로 가는 동맹' 2부 〈공존의 조건〉에서 중국 진출의 성공 사례로 청도다산이 소개되기도 했다. 다산 선생님은 이렇게 말씀하셨다.

천하에는 두 가지 큰 저울이 있다. 하나는 옳고 그름을 가리는 저울이고, 다른 하나는 이익과 손해를 가리는 저울이다. 이 두 가지 큰 저울에서 네 가지 큰 등급이 생겨난다. 옳은 것을 지켜 이로움을 얻는 것이 가장 으뜸이다. 그다음은 옳은 것을 지키다가 해로움을 입는 것이다. 그다음은 그릇됨을 따라가서 이로움을 얻는 것이다. 가장 낮은 것은 그릇됨을 따르다가 해로움을 불러들이는 것이다.

나는 옳은 길을 따르면서 이로움을 얻기 원했다. 칭다오의 한인 기업들이 성장한 것을 지켜보는 것만으로도 내 마음속에는

큰 기쁨이 있다. 다산의 성장이 칭다오 한인 기업들의 성장이
자, 대한민국의 성장이었고, 칭다오시의 성장이자, 중국의 성장
이었기 때문이다. 나는 기업가의 미덕이 함께 잘사는 데 있다고
믿는다.

• 청도다산 20주년 기념행사에서 오른쪽 장웬푸 칭다오 부시장, 왼쪽 유재현 총영사와 함께.

"實事求是, 自助精神으로
세계를 향해 뛰겠습니다."

회장 윤영상

청도다산인조수식유한공사
(靑島茶山人造首飾有限公司)

중국 칭다오. 이곳은 한중 수교 후 한국의 기업인들이 대거 진출하여 중국 내에서 가장 한국인 기업들이 많은 곳으로 알려진 곳이다. 한때는 1만여 개의 한국 기업이 들어가 사업을 했지만, IMF 등 금융 위기가 몰아닥치면서 많은 기업들이 도산했고, 심지어는 몰래 야반도주를 하는 진풍경까지 벌어졌던 곳이다. 그런 그곳에서 액세서리 전문 생산업체의 명성을 떨치며 한중수교 전인 1990년에 창업, 20년을 한결같이 한 업종에만 몰두하여 중국 칭다오에서 성공한 기업과 기업인이 있다. 그곳이 바로 서울에 본사가 있는 (주)다산의 계열사인 칭다오 현지법인 '청도다산'과 '상하이다산'을 탄생시킨 윤영상 (주)다산 회장이다.

지난 10월 21일 오후, 22일에 있을 '청도다산' 창립 20주년 기념식

131

을 취재하기 위해 서울에서 도착한 기자는 그를 칭다오 '청도다산'의 2층에 있는 회장실에서 만나 그간 지내온 20년 경영의 역사를 들을 수 있었다. (주)다산은 1978년에 서울에서 창립, 지난 32년간 동, 동합금, 기초 소재와 액세서리(신변장신구)를 생산하여 판매하고 있는 대표적인 중견 기업이다. 국내에서는 현재 시화공단과 반월공단에 연간 3만 톤 규모의 동관, 동합금선 생산 라인을 갖추고 있고, 특히 식음용수 동관에 대한 미국 FDA 인증을 받아 미주 지역 등 60여 국가에 제품을 수출하고 있다. 이러한 공로로 윤영상 회장은 지난 2007년 9월, '2007 한국을 빛낸 기업인 대상'을 수상하기도 했다.

"패션 액세서리를 선도하는 인재 중심의 일류기업, 다산의 제품은 세계 최고를 추구한다."라는 슬로건을 내걸고 윤영상 회장이 칭다오에 현지법인으로 세운 '청도다산'은 현재 칭다오시 청양구에 소재하고 있다. 1990년 8월 16일에 788만 불을 투자, 액세서리 제조를 전문으로 세운 이곳 회사는 현재 생산·관리직을 포함한 650여 명의

직원이 열심히 일하고 있다. 관리직은 한국인들이 맡고 있고, 생산 현장에서의 간부들은 동포들이 맡아서 일을 꼼꼼히 챙기고 있다. 이곳 현지의 법인장인 총경리는 윤대영 사장으로 윤 회장의 아들이다. 이곳 공장에서는 약 2만여 종의 액세서리를 제조, 생산, 판매하고 있으며 창립 이듬해인 1991년 11월에 총수출 140만 불 달성, 2000년 12월에는 1,000만 불을 달성했으며, 2006년에는 '올해의 공예인상' 2009년에는 '청도시[칭다오시??] 인민정부 시장상'을 윤 회장이 수상하기도 했다.

1990년, 788만 불 투자로 창립
전 세계 60여 국가에 액세서리 수출

1990년 한국 기업들이 중국의 시장잠재력을 간과하던 시절, 그는 오히려 중국에서의 기회를 발견하고 남보다 한발 앞서 중국 칭다오로 진출을 했다. 그는 지금도 중국을 제2의 고향으로 생각하면서 기업을 운영하고 있다. 칭다오에 현지법인 '청도다산인조수식유한공사(靑島茶山人造首飾有限公司)'를 세우고 중국에서의 기회를 현실로 바

꾸어 나가는 데 주력하고 있는 그는 현재 수출 3천만 불 달성을 앞두고 있는 기업으로 성장시켰는데, 그는 20년 전 당시 중국 투자의 결심에 대한 배경을 묻자, 그는 "국제 경쟁에서 살아남기 위해서는 해외투자만이 유일한 해결책이라고 생각을 했습니다. 중국은 투자 유치 정책에서 경쟁력이 있었고, 저렴하고 풍부한 노동력, 내수시장의 잠재력이 있었기에 투자 지역으로 선택을 한 것입니다."

악세사리 제품을 만들고 있는 종업원들.

기자는 윤 회장의 안내를 받으면서 공장 전체를 둘러보았는데, 곳곳에서 단계별로 생산 라인이 가동되고 있었고, 하나의 제품을 만들기 위해 들어가는 원자재를 비롯한 모든 것은 (주)다산에서 생산되는 자재들로 사용되는 등 외부의 협력사 없이 독자적인 경영을 하고 있기

에 20년이란 길을 탄탄히 걸어왔다는 생각이 들었다. 그리고 이곳에서 생산직으로 일하는 직원들은 대부분 고향이 칭다오로 모두가 창업 멤버로 함께 지내온 사이로 노사의 단합과 협력이 강했기에 성공을 했다는 생각이 들었다. 이러한 성공적 운영의 방법을 윤 회장에게 묻자, 그는 "우선은 현지인들의 마음을 얻는 것이 중요하기에 해마다 회사 창립기념일에 체육대회, 노래자랑과 같은 각종 단합대회를 열어주었고, 중국 정부가 추진하는 일에는 다른 기업보다도 더 일찍 앞장서서 협조했습니다. 그리고 지역 사회의 공공사업과 사회적 공헌에도 앞장을 서 왔지요."

윤 회장은 칭다오 시내에 38,000평방미터의 부지를 마련, 건물 15,000평방미터 규모로 현대식 신공장을 지어놓고 곧 이전할 준비를 하고 있다. 중국 정부의 정책 변화로 한국 기업들이 중국을 떠나고 있는 현실에서 이처럼 거대 자금을 투자하여 새로운 경영을 준비한다는 것은 그리 간단치는 않은 일이기에 그 이유를 묻자, 그는 "신공장의 건설은 1992년 한국의 시

화공단에 공장을 신축한 이래로 가장 큰 금액의 단일 투자 사업이며 앞으로 이 신공장에 동 가공 사업, 고부가가치 액세서리 사업을 비롯하여 신성장동력을 제공할 신사업부가 자리를 잡게 될 것"이라고 말했다.

그는 또 "위대한 모험 정신으로 과감하게 중국 시장을 독점했던 20년 전의 창업정신을 기억하고 다시 한 번 중국과 세계로 도약하기 위한 도전의 발걸음을 내딛겠다."고 말했다. 다른 사람들이 중국을 보기 전에 이미 중국으로 시야를 돌려서 성공한 그가 이제는 다른 사람들이 중국을 떠나려 하는 이 시기에 오히려 기회로 잡고 대규모 투자를 하는 것은 그만이 실천할 수 있는 강한 도전과 용기의 정신이었다.

중국 사업의 성공은 현지인과의 친교가 중요
세계를 향한 도전으로 재투자, 신공장 건설

청도다산은 이제 중국 각지에 사업장을 확대하고 있으며, 세계적으로 우수한 제품을 생산하여 중국에서도 으뜸가는 선진기업으로 인정을 받고 있다. 액세서리 업계로서는 처음으로 중국 칭다오에 진출할 당시만 해도 주위에서 많은 우려들을 했지만, 청도다산은 현재 다산메탈과 더불어 칭다오 지역의 액세서리 대표기업으로 자타가 공인하는 위상을 차지하고 있다. 그동안 중국은 세계의 공장으로 그 역할을 충실히 해왔다. 값싼 노동력, 무한한 시장잠재력으로 인해 세계의 기업들이 중국으로 몰려들었고, 중국은 전 세계를 대상으로 한 저가의 상품 공급원이 돼 왔다. 그러나 최근 외국인 투자 기업에 대한 각종 규제 강화를 비롯한 중국 정부의 정책 변화로 인해 중국에 진출했던 기업들의 경영 환경이 크게 악화되자, 일부 한국 기업은 중국을 많이 떠났고, 지금도 사업을 접고 있는 실정이다.

1990년, 중국 시장 진출에 성공한 윤 회장은 이어 개성공단에도 진출했지만, 남북의 경색된 분위기로 현재는 활발치는 못하나, 곧 그 꿈을 펼치기 위해 준비 중에 있다. 현재 한국에서는 중국 다음으로 기회의 땅을 베트남으로 보고 있다. 그러나 윤 회장은 제조업이 서비스업으로 진화하는 가운데 한국이 3만 불 달성을 위해서는 개성공단을 주목할 필요가 있다고 보고, 지난 2007년 6월, 개성공업지구에 10,700평의 토지를 분양받고 개성에 진출을 꾀했다. 그러나 남측의 정권이 바뀌면서 대북정책에 변화가 있어 아직은 그의 꿈대로 실현이 되지는 않고 있지만, 곧 그 꿈을 이룰 수 있다고 다짐을 하고 있다.

윤 회장에게 개성공단의 진출 계획을 묻자, 그는 "개성에는 우리와 같은 언어를 사용하고, 같은 감정을 느끼고, 성실한 상품을 만들 수 있는 유능한 인력들이 있었고, 이런 좋은 인력을 저렴한 비용으로 구할 수 있다는 큰 경쟁력이 있었기 때문이었죠."라고 말하면서, 그는 또 "이런 인력은 중국의 현지 직원들처럼 단순노동만 시킬 생각은 없고 고부가가치 지식노동자와 양질의 관리 인력으로 성장시킬 수 있기 때문입니다."라고 말했다.

개성공단에서 제2의 꿈 실현시키려 준비
다산의 사상에 심취, 회사명 정해

윤 회장은 앞으로 개성공단의 분양받은 땅에 동파이프·동선 공장 및 미세동선 공장을 건설할 계획이며 이를 위한 200억 원의 사업비 조달도 준비하고 있다. 그는 20년간 사업을 해오면서 이제는 안정적으로 지낼 만도 한데, 그가 여전히 도전을 즐기고 있는 것은 중국에서의 오랜 생활 경험과 체험이 스피드와 선점의 중요성을 가르쳤기 때문인 것 같다. 그래서 그는 이러한 다양한 경험을 바탕으로 개성공단에서 성공을 해보겠다는 야심이 있다. "통일은 언젠가는 될 겁니다. 그러나 언제까지 통일이 되기를 기다릴 수는 없습니다. 개성에 투자를 하여 남북 간에 평화체제를 항구적으로 만들어 나가면 남북이 서로가 잘되는 상생의 윈윈이 되는 것이 아닙니까? 그리고 이제 우리는 북한을 포용하는 자세를 갖고, 또 우리에게 프리미엄이 되고 한국의 신용도 상승에 주요 원인이 되도록 우리 기업인들이 발 벗고 나서야 할 때입니다." 그의 대북관은 반드시 대북 사업에서도 성공할 수 있는 기질을 분명히 갖고 있었다.

그것은 그가 매사에 항상 배움의 자세로 일관하고 있는 증거이기도 했다. 그는 중국에 있는 '청도다산'이 성공할 수 있었던 것은 현지화 때문이라고 했다. 즉, 중국 현지인들의 마음을 얻지 못하면 성공할 수 없다는 것이 그의 지론으로 '사람'을 얻어야 한다고 했다. "기업의 영속을 위한 사람의 중요성은 누구나 인식하는 주지의 사실입니다. 그러나 중요성을 알면서도 관리의 노하우는 모르는 경우가 대부분이죠. 그래서 교육이 중요한 겁니다." 그래서 그는 교육의 중요성을 깨닫고

35년간 조찬 모임을 이어오는 인간개발연구원에 문을 두드린 것이다. 윤 회장이 인간개발연구원의 조찬 포럼에 첫 참석을 한 것은 1982년. 당시 여의도 63빌딩에서 열린 춘계 세미나에 참석을 했으니, 이제는 장수 회원 겸 고참 회원이 된 셈이다. "대학에서 대학원까지 다니면서 경영에 관심을 갖고 나름대로 많은 공부를 했지만, 진정한 경영 학습이 시작된 것은 인간개발연구원에서였습니다. 매주 목요일에 실시된 조찬 세미나를 통해 배운 지식들이 제 개인과 회사의 성장, 발전에 큰 도움을 주었습니다. 지금도 서울에서 매주 꼭 참석하고 있습니다만, 인간개발연구원은 제게 최고의 MBA라고 생각합니다.

(주)다산은 윤 회장이 정한 회사의 이름이다. 그는 왜 정약용의 호인 '다산'이란 회사명을 썼을까? 그는 다산 정약용의 실학사상에 감명을 받아 '다산 전도사'로 활동을 하고 있다. 기자를 만난 자리에서도 다산의 저서인 『목민심서』를 보여주면서 설명을 하기도 했다. "어린 시절, 고향에 있는 다산초당을 놀이터 삼아 저는 성장을 했습니다.

6대조 조부님이 다산 선생의 18명 제자 가운데 한 분으로 다산과 함께 실학사상을 확립했던 윤종진 어른입니다. 그래서 종손인 저로서도 다산의 삶이 바로 저의 일부분이 되었지요."

윤 회장의 고향인 전남 강진에는 아직도 그가 태어나서 살아온 그의 자택이 있다. 그리고 그의 집 위에 바로 다산초당이 있다. 그의 생가인 집터가 생전에 다산 선생이 직접 정해준 자리라는 것을 보면 매우 흥미로운 일이며, 또한 200년이 넘은 그의 생가는 역사적인 집터라고 볼 수 있다. "나와, 회사, 그리고 나라가 즐겁고 모든 사람이 즐거우며 인재를 아껴 국가에 봉사한다."는 '三喜三樂의 정신'을 사시(社是)로 내걸고 있는 '청도다산'은 우수한 품질과 디자인의 패션 주얼리 회사로서 전 세계 유수의 패션 회사와 공고한 파트너십을 바탕으로 지속적인 성장, 최고의 첨단기술, 고객을 만족하게 한다는 고품질을 추구하면서 세계인들에게 사랑받은 일류 기업으로 성장하고자 오늘도 힘차게 움직이고 있다.

칭다오=류재복
(『인민일보』해외판 한국판 특별취재국장)

청도다산에서는 위로부터 모든 제품을 생산하고 있다.

또 다른 도전

칭다오에서의 성공에 나는 흥분했다. 앞으로 전 세계 5대 도시에 다섯 개의 공장을 짓겠다고 마음을 먹었다. 내게 남들이 보지 못하는 기회를 찾아내는 재능이 있음을 깨달았다. 칭다오에서처럼 다른 곳에서도 기회를 찾아야겠다고 생각했다. 칭다오에서 비약적인 성장을 경험하자 새로운 사업 기회들이 계속 찾아왔다. 호텔 사업을 비롯한 다양한 업종에 진출해보기 위해 타당성을 검토하기도 했다. 하지만 나는 이제까지 하고 있는 사업과 관련된 사업만 해야겠다고 다짐했다. 다산 선생님은 이렇게 말씀하셨다.

세상의 모든 사물들을 지킬 필요는 없다. 다만, 자신은 반드시 지켜야 한다.

성공의 감정에 도취된 나를 지켜야 했다. 하지만 그러기에는 일이 너무 잘 풀렸다. 거칠 것 없는 질주가 시작된 것이다. 30대에 비철 소재 산업에서 액세서리 제조업으로 사업 분야를 확장한 후로 다산의 매출은 30억 원에서 매년 30퍼센트씩 성장했다. 중국 진출 후 1년 만에 다산의 매출이 100억 원 정도 되었고, 수출액은 840만 달러에 이르렀다. 그 성장세로 30년이 지나면 매출 3,000억 원의 대기업이 될 것 같았다.

당시 액세서리 업계에서는 수출액이 300만 달러 이상이 되면 관리가 어려워져서 도산한다는 속설이 있었다. 이런 풍문이 사실이었던 것일까. 우리 다산의 수출액이 840만 달러가 된 뒤로 정체되기 시작했다. 새로운 성장동력이 필요했다. 나는 그 기회를 비철금속 제조에서 찾겠다고 결심했다.

• 시화 동파이프 공장 준공식 날 방문하신 아버지와 장인어른. 1열 왼쪽 첫 번째 아버지, 1열 왼쪽 세 번째 장인어른.

마침 정부에서 시화공단을 기업들에게 분양했다. 우리는 시화공단의 공장 부지를 분양받았다. 나는 그곳에서 무슨 사업을 할지 몇 년 동안 고민했다. 비철 관련 사업 아이템을 찾던 중 1992년에 캐나다의 유명한 동파이프 생산회사 월브린의 공장이 매물로 나왔다는 소식을 들었다. 캐나다 공장을 직접 둘러보니 2만 평이나 되는 대단한 규모였다. 일관공정의 생산설비가 끝이 안 보일 정도로 거대하게 놓여 있었고, 대충 살펴보는 데만도 한 시간이 소요되었다. 생산설비는 국내에서 쉽게 볼 수 없는 기계들이었다. 당시에 풍산금속 등 대기업 몇 개만 그런 설비를 가지고 있었다.

그 설비를 도입하여 시화공단에 설치하여 동파이프를 생산한다면 사업성이 있어 보였다. 나는 처음에 동과 동합금선을 생산하는 사업을 시작했다. 그 원자재를 이용한 액세서리업으로 사업을 확장해 성공했다. 주위의 우려에도 불구하고 정확한 판단 기준을 가지고 중국에 일찍 진출해 사업의 규모를 키워낸 결과였다. 이 성공은 내게 자신감의 불을 지폈다. 대출 비율을 높여도 캐나다에서 생산 라인을 들여와 공장을 지으면 승산이 있을 것 같았다. 국내에서 동파이프의 수요가 늘고 있었고, 중국에서도 동파이프 수요가 늘어날 조짐이 감지되었기 때문이다.

캐나다에 다녀온 다음 해인 1993년, 다산은 그 시설을 370만 달러에 들여와 시화공단에 대규모 동파이프 생산 공장을 건설

•시화 파이프 공장 내부

했고, 설비를 설치하여 가동하기 시작했다. 나는 과감한 투자
로 동파이프 시장을 선점하면 후발주자들이 따라오지 못할 것
으로 생각했다. 거액의 설비투자 비용 때문에 다른 업체들이
나서기는 어려워 보였다. 그런데 이것은 내 판단착오였다. 다른
업체들이 나처럼 설비투자에 나섰다. 다른 업체들도 다산을 따
라 하면 중국의 액세서리 산업에서의 성공처럼 동파이프업에도
새로운 기회가 창출될 것이라고 기대하는 분위기가 있었던 듯
하다. 다산의 거액 투자를 지켜본 다른 업체들이 너도나도 과
감하게 투자를 결정했다. 갑작스러운 경쟁업체들의 등장에 당
혹스러웠다. 내 예상은 보기 좋게 빗나가고 말았다.

　나는 파이프산업에서 신제품을 개발하여 경쟁력을 갖추고자 노력했다. 송전시설에 사용되는 고압 케이블용 대구경 접속재 개발을 시도했다. 파이프업에 뛰어든 지 1년 뒤인 1994년 말 드디어 우리가 원하던 신제품 개발에 성공했다. 국내 최초로 200 파이 대구경 동관을 개발하여 국산화에 성공했으며, 수출로 1995년에는 1,000만 불 수출탑도 수상했다. 1995년 다산의 총 매출액은 405억으로 늘었고, 수출 실적은 목표인 1,205만 달러를 달성했다. 다산은 그해 무역의 날에 1,000만 불 수출탑을 수상했다. 우리는 다음 해인 1996년 수출 목표를 1,500만 달러로 늘렸다. 그 해는 세계를 상대로 영업하기 위해서 열심히 비행기를 타고 다녔다.

1997년에는 회사를 코스닥에 상장했다. 20대에 사업을 시작해서 나이 쉰에 코스닥 상장을 하게 되니 감회가 새로웠다. 사업을 시작한 후, 하루도 문제없는 날이 없었다. 하지만 나는 거칠 것 없이 달려왔다. 문제를 두려워하지 않았다. 문제는 풀면 되고, 문제는 또 다른 기회였다. 사업이란 원래 그런 것이었다. 중국과 한국 두 군데의 사업장이 달리는 야생마의 심장처럼 뜨겁게 달리고 있었다. 순풍에 돛 단 배처럼 모든 것이 순조로워 보였다.

회사의 외형은 계속 커지고 있었다. 하지만 과도한 대출금으로 시화공장에 설비를 투자해서 재정적인 부담이 만만치 않았다. 동파이프 생산 설비에 투자한 비용을 회수할 수 있는 손익분기점을 맞추기 위해서는 연간 동파이프 7,000톤을 생산하여 판매해야 했다. 하지만 그 수준의 매출을 올리기 위해서는 더 오랜 시간이 필요했다. 국내 동파이프 시장이 생각처럼 커지지 않았다. 반면에 다른 후발업체들도 상당한 설비투자를 했기 때문에 업체 간의 경쟁이 격화되었다. 국내 동파이프 시장은 공급 과잉 상태가 된 것이다.

하지만 세계적으로 보면 그때까지 수출 시장을 독점하던 일본의 수출이 주춤해졌고, 중국의 건물들이 고급화되어 고급 건축 자재인 동파이프의 수요가 조금씩 증가하는 단계였다. 그 수요가 현실화될 때까지 시간이 필요했다. 한편, 다산 시화공장은 매년 1억 원이나 되는 손실을 냈다. 청도다산에서 벌어들인 수익금으로 파이프 산업의 손실을 메우며 버텼다. 내 직감은 뭔가 잘못되고 있다고 말하고 있었다. 코스닥 상장으로 주변에서는 들떠 있었지만, 내 마음은 뭔지 모를 불편함에 시달렸다. 그 걱정은 결코 기우가 아니었다.

또 다른 위기

다산이 코스닥 시장에 주식 상장을 추진하던 즈음에 다산은 태일정밀과 전략적인 제휴관계를 맺었다. 태일정밀은 기아자동차에 부품을 공급하던 업체였는데, 당시 김영삼 정부하에서 상당히 잘나가는 기업이었다. 태일정밀의 자회사인 대방창투는 주식 상장 이전에 다산의 성장 가능성을 높게 보고 10억 원의 투자를 했다. 다산도 태일정밀의 자회사에 투자하면서 두 회사는 긴밀한 협력관계를 유지했다. 태일정밀은 당시 정부가 적극적으로 지원하는 기업이었기 때문에 이런 부분이 다산의 경영에도 도움이 될 것으로 생각했다. 결국, 다산은 코스닥 시장에 주식을 상장했다. 대방창투는 이후 다산에 추가 투자하기로 합의했고, 우리는 이를 염두에 두고 향후 자금 계획을 세웠다.

그런데 1997년 IMF 사태가 대한민국을 강타했다. 그 타격으로 기아자동차가 도산했고, 기아차의 협력업체인 태일정밀도 부도가 나고 말았다. 대방창투는 약속한 투자금을 지급하지 못한다고 주저앉아 버렸다. 다산은 추가 투자도 받지 못하고, 태일정밀 자회사에 투자한 돈도 회수하지 못하는 상황에 빠져들었다. 주요한 제휴업체의 도산은 다산을 어려운 상황으로 몰아세웠다.

국가가 부도 위기로 내몰리자 환율이 급등했다. 그 결과 원자재인 동 가격도 두 배로 뛰었다. 불과 6개월 만에 발생한 손실액이 47억 원이었다. 당시 회사 매출이 400억 원이었으니, 손실 규모가 매출액에 비해 너무 컸다. 시화공장 동파이프 생산 설비를 위한 금융 비용 부담과 원자재 가격 급등으로 다산은 심각한 위기에 빠졌다. 게다가 건설 경기도 위축되어 국내 동파이프 수요는 급감했다.

보통 1주일마다 은행에 어음금을 지급해야 했다. 하지만 이제는 돌아오는 어음을 막기 위해서 매일 돈을 구해야 했다. 무너지려는 둑에 손을 집어넣은 네덜란드 소년의 마음이었다. 우리도 연쇄부도에 휘말리는 듯했다.

1997년 11월 12일, 나는 패배를 인정해야 했다. 백방으로 어음을 막을 돈을 구하고자 노력했다. 하지만 그 금액을 막을 여력이 없었다. 부도가 난 것이다. 그 순간 전화벨이 울렸다. 처음부터 다산을 함께 키워온 김 전무의 목소리가 들렸다. 그는 임원으로서가 아니라 오래된 고향 친구로서 내게 말했다.

"아무것도 생각하지 말고, 이럴 때일수록 건강을 챙겨야 한다."

수화기 너머로 나를 염려하는 친구의 마음이, 따스함이 느껴졌다. 망연자실한 우리는 수화기를 들고 침묵의 대화만 나눴다.

결국, 침묵을 깨고 내가 말했다.

"스무 살 먹도록 기른 자식을 잃은 기분이네."

통화를 마친 후, 온몸에서 힘이 빠져나가는 듯했다. 지나온 시간이 일장춘몽으로 허망하게 스러지는 것을 보았다. 내가 성취한 것들이 순식간에 신기루처럼 사라져버린 것이다. 지난 20년의 세월이 공허하게 느껴졌다. '칭다오 대통령'이라는 말을 들을 정도로 승승장구했던 날들이 까마득히 멀어졌다. 목덜미가 묵직하게 머리를 눌렀다. 의자에 앉은 채로 머리를 뒤로 젖혀보았다. 가슴을 내밀어 숨을 크게 내쉬었다. 그러나 떨어지는 눈물을 막을 수는 없었다.

동파이프 생산에 뛰어든 것은 내 인생의 가장 큰 실수였다. 나는 너무 교만했다. 좋은 일이 있을 때, 더 자세를 낮추고 겸손하게 조심해야 했다. 파이프 사업에 진출할 때, 청도다산의 대성공에 취해 있었다. 그래서 철저한 실사구시의 자세를 놓치고 상황을 지나치게 낙관했다. 파이프 사업 진출 결정의 근거가 되었던 세 가지의 예측이 모두 빗나갔다.

첫 번째는 우리가 거액 설비투자를 하면 국내의 후발주자들은 진입 장벽 때문에 투자하지 못할 것이라고 예측했다. 그러나 이 예측은 완전히 어긋났다. 나를 따라서 후발주자들이 경쟁적으로 더 적극적으로 뛰어들었던 것이다. 그 때문에 국내 동파이프 시장은 과열 경쟁의 늪으로 빠져들었다. 나의 잘못된 과잉

투자가 선점의 효과를 가져오기보다는 과잉투자의 시발점이 되었다. 이 점에 대해 동파이프 업계에 미안한 마음이 들었다.

두 번째는 중국 시장에 대한 것이었다. 나는 중국이 성장하면서 고급 건축물에 들어가는 동파이프의 수요가 폭등할 것으로 예측했다. 하지만 현실은 나의 예측과 달랐다. 파이프 사업을 시작할 때 동 원자재는 1톤에 1,000달러였다. 하지만 1톤에 8,000달러로 4~5년 만에 여덟 배로 올랐다. 중국에서 수요가 많아지면서 원자재의 초과수요가 발생하여 가격이 폭등했기 때문이다. 동파이프 생산의 원가가 상승해버렸다. 그 결과 동파이프의 대체재로 PVC, 강철, 스테인리스 등이 개발되었고, 동파이프 시장을 잠식했다. 동파이프는 고가의 상품이 되어버렸다. 게다가 동파이프 생산 방식에도 많은 변화가 생겼다. 예측하지 못했던 상황이 연속적으로 발생했다.

세 번째는 시장에 대해 지나치게 낙관했다. 대한민국이 IMF 사태를 직면할지 예상하지 못했고, 인건비가 싼 중국이 그렇게 빨리 동파이프를 생산해내리라고는 상상하지 못했다. 생산공법이 바뀌다 보니 새로운 기계가 필요했지만, 우리는 22억이나 들인 설비를 뜯어내고 새로운 설비투자를 할 여력이 없었고, 파이프 사업을 접을 수도 없었다. 업종 변경을 해야 하나 고민할 정도였다. 특히 일본 동파이프 회사를 방문했을 때, 이미 그 사업이 사양세라는 것이 한눈에 보였다. 그 모습이 우리의 20년 후 모습이었다. 그러한 불안감을 느끼고 있을 때, 국가외환위기인 IMF 사태가 벌어졌다. 다산은 치명적 한 방에 쓰러졌다.

또다시 나는 두 갈래 길 앞에 섰다. 우선, 부도를 내고 개인 재산을 지켜 다시 사업을 시작해보는 방법이 있었다. 다른 길은 개인재산을 다 팔아서 부채를 갚으려는 의지를 보인 뒤 화의 신청(和議申請)을 하는 것이었다. 나는 사업을 시작했던 첫 마음으로 돌아갔다. 나와 사회와 국가에 도움이 되는 사업을 하겠다고 하지 않았던가. 존경하는 정약용 선생의 호를 회사 이름으로 걸었을 때, 나는 교만과 과욕으로 부도를 내고 주변에 손해를 끼치게 되리라고는 상상도 하지 못했다. 부도를 내고 개인재산을 지키는 길은 내 길이 아니었다. 다산을 잃고 싶지도, 다산의 이름을 더럽히고 싶지도 않았다. 할 수 있는 모든 방법을 동원해서 회사를 살릴 수 있다면 어떤 것도 아깝지 않았다.

내 명의로 된 부동산과 법인자산을 모두 내놓고 채권자들을 설득했다. 그들에게 회사의 경영 내역을 솔직히 내어 보이고 법원에 화의신청을 했다. 화의는 법원을 중심으로 채권자들과 합의하여 부채상환의 조건을 조정하는 절차였다. 이 제도는 회사의 경영자와 주권이 살아 있으면서 '경영정상화계획'을 가지고 채권단과 합의를 하는 장점이 있었다.

나는 화의신청에 대한 법원의 인가를 기다리면서 전문 컨설팅업체에 회사 경영 전반에 관한 컨설팅을 받았다. 부도에 이른

내 경영 방식의 문제점을 고치고 새롭게 시작하고 싶었기 때문이다. 다행히 1998년 10월 7일 서울지방법원 동부지원은 화의 판결을 내렸다. 그와 같은 법원의 결정은 다산 부도의 원인은 회사의 사업성에 문제가 있다기보다는 협력사인 태일정밀 및 대방창투의 도산으로 인한 다산의 현금흐름 악화에 있다는 판단이 크게 작용했다.

나는 새롭게 다산 경영에 나섰다. 하지만 다산 직원 230여 명 중 절반을 내 손으로 감축해야 했다. 가장 가슴 아픈 순간이었다. 내가 다산을 세웠지만, 그 성장에는 직원들이 수고한 몫이 있었다. 그런데 함께 회사를 키워 온 직원들을 북풍한설 몰아치는 회사 밖으로 내보내야 했으니 참담한 마음이었다. 교만과 과욕의 쓴 열매를 나 혼자 삼켰다면 이렇게 마음 아프지는 않았을 것이다. 나는 그 직원들을 하루라도 빨리 다시 데려오기 위해서 회사를 살려야 했다. 미안한 마음에 주저앉을 여유가 없었다. 다산 선생님은 이렇게 말씀하셨다.

세상에 아이처럼 울지 않는 사람이 어디 있겠는가? 저 벼슬을 잃고 세력이 꺾인 자나, 재물을 손해를 보고 돈을 다 써버린 자, 그리고 자식을 잃고 슬퍼 실성할 지경이 된 사람도 달관한 사람이 입장에서 본다면 모두 밤 한 톨 잃어버리고 우는 아이와 다름이 없다.

내가 20년간 기른 기업을 잃어버렸다고 우는 것이 '밤 한 톨' 잃어버리고 우는 아이와 다를 것이 없다고 생각하니, 마음이 조금이나마 가벼워졌다. 나는 잃어버린 돈과 세월, 수고에 대한 미련을 훌훌 털어 버리고자 했다. 억울한 마음도 조금씩 누그러졌다.

　다산을 잃지 않도록 도와준 채권자들과 법원에 고마웠다. 상여금도 반납하며 회사를 살리고자 하는 직원들에게 고마웠다. 부도위기는 우리 내부의 결속력을 더욱 강하게 했다. 동파이프보다는 부가가치가 높은 액세서리 수출에 주력하기로 한 결과, 4년 만인 2002년에 다산은 모든 화의채권(和議債權)을 다 갚고 당당하게 화의에서 벗어났다. 내 인생 최대의 실패를 극복해낸 순간이었다. 내 나이 56세였다.

다시 다산 선생님께로

　조순 전 부총리, 김성훈 전 농림부 장관을 비롯한 다산회 회원들이 2000년 10월 18일 중국 산둥 성 칭다오시 샹그릴라호텔 대연회장에 모였다. 그날은 다산 선생님의 대표작 『목민심서』 중국어판의 출간을 기념하는 순간이었다. 나는 청도다산 창립 10주년에 의미 있는 일을 하고 싶었다. 그 결실이 중국어판 『목민심서』의 발간이었다. 10주년 기념행사에는 주가빈 칭다오시 부시장, 금병목 한국총영사, 박세직 전 월드컵조직위원장, 장만기 인간개발연구원 회장 등 한중 내빈 100여 명이 참석했다.

　나를 다시 일으켜준 것은 다산 선생님이었다. IMF 사태로 다산의 국내 동파이프와 동선 사업은 화의에 이르렀고, 20년 동안 쌓아올린 다산의 탑이 무너졌다. 그 순간 나는 치명적인 상처를 입었다. 그 아픔에서 나는 다산 선생님을 떠올렸다. 왕의 총애를 받아 승승장구했던 선생님은 세 번이나 억울한 유배를 당해야 했다. 미래에 대한 어떤 기약도 없이 홀로 버려졌다. 가족과 헤어졌고, 형제들은 숙청당했으며, 간신히 자신의 생명만 건사했다. 다산 선생님은 누가 봐도 비참한 나락에 떨어졌다.

하지만 선생님은 그 상황에서도 자신을 돌아보았고, 자신이 할 수 있는 일에 정진했다. 다산 선생님은 이렇게 말씀하셨다.

> 아침 볕을 받는 곳에는 저녁 그늘이 먼저 들기 마련이고, 일찍 피는 꽃은 빨리 지는 법이다. 바람은 이리저리 옮겨 불어 한시도 멈추는 법이 없다. 큰 뜻을 품은 사람은 한순간 좌절했다고 청운의 뜻을 꺾어서는 안 된다. 사나이의 가슴에는 가을 매가 하늘을 박차고 오르는 듯한 기상이 있어야 한다. 눈은 세상을 작게 보고, 손바닥은 우주를 가볍게 보아야 한다.

위기는 사람의 진면목(眞面目)을 드러낸다. 가벼운 위기는 파도 타기처럼 즐길 수 있다. 하지만 모든 것을 집어삼킬 듯한 폭풍우는 상상할 수 없는 두려움과 무력감을 불러일으킨다. 이렇게 마음이 무너져 내리면 정신이 흐릿해지고, 어떤 행동도 할 수 없는 지경에 이른다. 좋은 가정에서 비교적 큰 어려움 없이 자란 내게 큰 성공이 너무 일찍 찾아왔다. 그래서 나는 위기에 취약했다. 그 순간 다산 선생님은 내게 말씀하셨다. 가을 매처럼 하늘을 박차고 오르는 기상을 가지라고 격려하셨다. 나는 쓰러진 무릎을 다시 일으켜 세웠다.

내게 필요한 것은 숲 속에 들어가 한 그루의 나무를 보는 능력이 아니었다. 숲 전체를 조망하고, 그 숲이 어떻게 변화하는

지 지속적으로 관찰하며, 그 흐름을 예측하는 능력이 필요했다. 거대한 흐름 속에서도 섬세한 디테일을 놓치지 않는 균형감이 절실했다. 중국은 놀라운 변화를 급속하게 경험하고 있었다. 다시 IMF 사태 같은 위기에서 넘어지지 않기 위해서 나는 거시적인 흐름과 사소한 디테일을 동시에 간파하고자 최선을 다했다.

박사는 어떤 한 분야만 깊이 연구하면 석학으로 존경받는다. 그러나 경영자는 다르다. 박사나 전문가보다 더 광범위한 영역에 걸쳐 열심히 공부해서 전체를 통합해야 한다. 대단한 성공을 한 사업가라고 해도 항상 열린 마음으로 경청하고 배우지 않으면, 그 오만함 때문에 무너질 수밖에 없다. 나는 다산 선생님에게서 이런 배우고자 하는 겸손함과 열린 자세를 배웠다. 다산 선생님의 정신이 날 살렸다. 이제 나는 다산 선생님의 정신을 살리고자 최선을 다하고 있다.

청도다산 10주년 기념식 방문기*

:

    내가 중국 칭다오를 처음 찾은 것은 10년 전 일이다. 때마침 인구가 12억을 돌파했노라고 시내 곳곳에 현수막을 걸어놓고 자축을 하던 기억이 지금도 눈에 선하다. 그때는 경제인의 한 사람으로 대중 투자 설명회에 참석함이 방문 목적이었다면 이번에는 동료 기업인 윤영상 회장이 창업 10주년을 기념하는 행사에 우리 인간개발연구원 회원을 초대한 것이다.

    중국 칭다오는 우리나라의 전주와 그 위도를 같이하고 있다고는 하나 우리 일행이 이곳에 도착한 오후 한나절은 초여름을 무색케 하는 삼복더위의 무더운 날씨였다. 마중 나온 다산 임직원들의 안내로 미니 버스에 분승하여 시내로 들어섰다.

    내가 그때 이곳을 찾았을 때는 허허벌판 비포장도로에는 먼지만이 짙은 안개같이 시야를 가렸고, 넓은 허허벌판에는 간혹 오가는 버스 지붕에 봇짐들이 다닥다닥 놓여 있어서 지난날 우

---

*2001년 6월, 청도다산 10주년 기념행사에 참석하신 성원교역㈜ 김창송 회장님의 글.

리의 피난 시절을 연상케 했다. 그때 우리를 태운 버스도 고르지 못한 시골 길을 달리면서 몇 번이고 엉덩방아를 찧게 했다. 그럴 때마다 우리 일행은 한마디로 이 나라의 앞날이 암담하구나, 하고 혀를 차며 은근히 동정마저 보냈다.

그러나 10년이면 강산이 변한다는 속설이 실감이나 나듯 그때의 그 고장이 지금은 어느 누구의 말처럼 분명 천지개벽하고 있었다. 마치 어눌한 시골 처녀가 촌티를 벗고 성큼 미인으로 변신한 것처럼 그 옛날 잡초만이 무성하던 넓은 광야는 어느덧 고속도로가 반듯하게 단장되어 시원스레 뚫려 있었고 나란히 줄을 맞춰 세워진 은색 가로등이 햇빛을 받아 길을 밝히고 있었다.

막 옮겨 심은 푸른 가로수들로 마치 한 폭의 풍경화를 보는 듯 나는 나의 눈을 의심했다. 톨게이트에는 연한 풀색 제복을 단정히 입은 여종사원들의 화사한 모습 등 모두가 이방인을 환영이나 하듯 맑은 미소로 반긴다. 큰 길가는 마치 미국 LA의 한국인 거리를 옮겨놓은 듯 이곳 중국 땅에 '경주호텔', '부산회관' 등의 커다란 한글 간판이 줄줄이 서 있는가 하면, '조광페인트', '신우피혁' 등 한국 투자 기업들도 적지 않게 눈에 들어온다. SK라고 표시된 공장 마당에는 태극기마저 우리를 반기듯 저 멀리 바람에 휘날린다.

시내가 서서히 가까워져 오면서 아파트 공사가 여기저기서 다투어 키재기나 하듯 끝없이 하늘을 치솟고 있다. 공사 현장에는 땀으로 뒤범벅이 된 일꾼들이 한낮의 폭염에도 아랑곳없이 새까만 피부가 더욱 뙤약볕에 타고 있었으나, 그들의 표정에는 꿈과 희망으로 가득 차 있어 보였다.

드디어 청도다산인조수식유한공사에 닿았다. 이미 공장 마당에는 좌우로 도열한 많은 임직원들이 일제히 박수로 우리 일행을 환영하는 것이 아닌가. 우리도 머리 숙여 눈으로 답례하며 사무실 현관에 들어섰다.

첫눈에 '삼희삼락'의 글귀가 우리의 시선을 끈다. "나와 사회 그리고 나라가 즐겁고 모든 사람이 즐거우며 인재를 아껴 국가에 봉사한다."는 이 기업의 경영철학이다. 소탈하고 가식 없는 윤 회장은 마치 이웃집 마음씨 좋은 아저씨 같은 내유외강의 경영자라고나 할까. "내가 처음 이곳에 투자를 결심하자, 저마다 너 미쳤니? 너는 몇 년 못 가서 보따리를 싸들고 되돌아올 것이다."라며 친지나 지인들로부터 비아냥을 얼마나 받았는지 모른다고 했다. "그러나 그때마다 저는 꼭 해내고야 말겠다는 도전정신으로 제 신념대로 이렇게 뜻을 이루고 말았다."며 지난 세월을 되씹으며 말을 잊지 못한다.

제품의 주원료인 동선은 한국에서 가져와서 이렇게 보다시피 수많은 형형색색의 여러 가지 액세서리 틀을 만들어 세계 40여 개국에 수출하며 1,500만 달러가 수출 목표이며 현재 종업원은

1,020명이라며 손수 공장 구석구석을 돌며 창업자다운 뜨거운 열정을 보여주었다.

드디어 뜻깊은 창업 10주년 기념행사가 시작되었다. 장내는 내빈으로 입추의 여지가 없다. 한 기업의 자축 자리가 아니라 마치 한중 친선 국제회의라도 하듯 단상 중앙에는 칭다오시 부시장, 당서기를 비롯한 고위 간부들이 자리하고 우리 측도 조순 전 부총리를 비롯하여 금병욱 총영사, 박세직 전 서울올림픽조직위원장, 장만기 회장들이 등단했다.

창업자 윤 회장은 "오늘 저희 회사 창립 제10주년 기념과 『목민심서』 중국어판 증정식이 아름다운 해변의 도시 칭다오의 샹그릴라호텔에서 개최됨을 영광으로 생각한다."며 우리는 "무엇을 했느냐가 아니라 앞으로 무엇을 할 것인가가 더 중요하다."는 다산 정약용 선생의 가르침으로 축사를 마치니, 장내는 우레와 같은 박수로 화답한다.

조순 박사는 오늘의 이 기업의 성공은 창업자의 진취성, 성실성, 그리고 종업원을 아끼는 형제애 정신의 결과이며 더욱이 그의 타고난 성품과 무엇보다 다산의 가르침에 힘입었기 때문이라 치하했다. 그날 밤, 공장 앞마당에는 지난날 창업의 애사를 말끔히 지워버리기라도 하듯 청청한 하늘 아래 불꽃놀이로 한때나마 마을을 대낮같이 밝혀 잔칫집 분위기가 온 마을을 수놓듯 했다.

축하 행사는 다음 날 전 종업원 운동대회로 이틀째 연이어 이어졌다. 선가채(仙家寨)라고 쓴 초등학교 운동장에는 남녀 임직원들이 밤색 셔츠에 검정 바지 유니폼으로 하나같이 옷을 갖춰 입고 운동장 한복판에 마치 병사들처럼 각 공정별로 줄을 맞춰 나란히 서 있다. 뜨거운 햇살은 아침부터 유난히 반짝이며 내리쪼인다.

도금반, 용접반, 조립반, 포장반, 관리반, 가공반 등 푯말을 앞세우고 우리 본부석을 바라보고 있는가 하면 스피커에서는 찢어지는 듯한 행진곡이 귀를 따갑게 한다. 이따금 정전으로 갑자기 그 소리가 멈추기는 해도 우리 모두의 마음을 부풀리기에 족하다. 그 옛날 시골 운동회 날 그 모습 그대로이다. 동네 사람들은 어느새 삼삼오오 모여들고 있었다. 오토바이를 타고 오는 사람, 양산을 받쳐 들고 그늘진 곳을 찾아드는 마을 아낙네들. 어느덧 햇빛 가린 동쪽 담벼락 아래는 발 디딜 틈이 없다. 한편 특유의 빨간 원색 유니폼을 입은 공장악단의 연주는 이날 아침 잔치를 한결 흥겹게 한다.

여기서도 기념축사가 있었다. 유달리 당서기의 시적인 경축사가 단상에 앉은 우리 서울 손님들의 마음에 잔잔히 와 닿는다. "다산의 주인인 윤 회장은 무에서 유를, 작은 것에서 큰 것으로, 약한 것에서 강한 것을 창출한 모범 기업인이라."며 치하한다. 이어서 모범사원 표창 순서가 있었는데, 특별히 부상으로 오토바이 한 대가 있다는 말에 모두가 웃음과 함께 박수를 쳐서 그것이 넓은 운동장으로 퍼져나갔다.

이날 밤은 예기치 못한 당서기 주최 만찬에 우리 모두 초대되었다. 이것이 저들의 외교적인 답례라고 한다. 한중 두 나라는 한배를 탄 공동운명체로서 앞으로 어떠한 비바람이 불더라도 이겨 나가자며 건배를 제의한다. 육 척 장구 호남형의 그의 음성은 까랑까랑하여 장내를 물을 끼얹은 듯 숙연케 했다.

서서히 밤이 깊어지자 양국의 우정도 술잔 속에 녹아 어깨를 맞대며 명실공히 국경 없는 사회(borderless society) 지구촌의 한 가족이 되어가고 있었다.

칭다오의 푸른 밤도 저만큼 짙어만 가는데 우리는 작별의 아쉬움을 한 장의 사진에 남기고 밖으로 나왔다. 상쾌한 밤바람이 가슴을 파고든다. 두 나라의 한 많은 세월의 애환을 속삭이기나 하듯. 최인종 선생의 축가 시어가 가슴에 다가온다.

개척자는 외롭고
고독하다 했던가
10년 전 일만 같은데
그들도 다산 따라
여기 칭다오에
과연 다산의 선견지명

다산이여, 이제 또다시 만나는 그날, 칭다오 주민에게 언약한 바를 이루소서. 칭다오맥주 버금가는 기업, 그리고 종업원 1만 명 대기업의 꿈을 말입니다. 그리하여 물 맑고 푸른 해변의 도시 칭다오에 다산 선비의 일이 알알이 새겨지기를 이 아침 서울 하늘 아래서 손을 모아본다.

　사람들은 가마 타는 기쁨은 알아도, 가마 메고 가는 아픔은 모른다.

　다산의 옛 글귀를 되새겨보며, 나는 지난날 오랜 세월 잊고 지내던 다산의 혼을 이국땅 칭다오에서 다시 만나보았다.

・10주년 축하 장혜래 칭다오 당서기 주최 만찬 (왼쪽에서 4번째 김창송 회장, 6번째 윤영상 회장, 7번째 조순 전 부총리, 8번째 장혜래 칭다오 당서기, 9번째 박세직 전 올림픽 조직위원장).

제4장

꿈꾸는 기업가

—

개성공단의 꿈

무너진 개성의 꿈

이제 베트남으로

—

학자에게는
마음에 관심이 있다
하지만 그것을 부지런히
따지면서 살펴보면,
이치를 깨닫는 조화로운
경지에 이르게 된다

개성공단의 꿈

　비행기가 평양 순안비행장에 착륙했다. 2007년 10월 8일, 나는 개성공단(開城工團) 투자자 평양 방문단의 일원으로 서울 김포공항에서 삼팔선 상공을 넘어 평양순안국제공항에 도착했다. 남북 분단으로 갈라진 금단의 땅을 밟은 것이다. 6·25전쟁 이후 북한은 남한의 주적(主敵)이다. 한편, 우리의 갈라진 형제이기도 하다. 서로에게 총구를 겨누면서도 공존을 모색해야 하는 동포의 땅을 찾은 것이다.

• 평양방문단의 일원으로 평양에서.

163

1970년대 초반, 남북한 당국은 '7·4남북공동성명'을 발표했다. 자주적이고 평화로운 통일을 위해 남한과 북한이 교류하겠다는 발표는 남북 관계에 획기적인 변화를 의미했다. TV에서 남북한 이산가족이 만났다가 헤어지는 모습을 보면서 마음이 아팠다. 빨리 통일이 되어야 한다고 생각했다. 그러나 내가 직접 북한을 방문하리라고는 생각해보지는 못했다. 그런데 내가 북한 국적기를 타고 군사분계선을 건너 평양에 왔다. 격세지감이었다.

제2차 세계대전 이후 시작된 냉전체제는 1980년대 후반에 이르러 급격하게 요동쳤다. 동독과 서독은 1989년 베를린장벽(Berlin Wall)을 무너뜨리면서 통일을 이루었다. 그로부터 두 해 뒤인 1991년 냉전의 한 축인 공산주의의 종주국인 소련이 무너지고, 마찬가지로 공산주의 대국이었던 중국 역시 굳게 닫힌 문을 열었다. 이때 나는 미수교국인 중국에 들어가 사업을 시작했다. 우리나라는 다음 해인 1992년에 적국이었던 중국과 수교를 맺었다.

1998년 현대그룹의 정주영 회장이 두 차례에 걸쳐 소 천 마리를 트럭에 싣고 군사분계선을 넘었다. 이 장면은 '20세기에 가장 빛나는 전위예술'이라 할 만했다. 북한이 고향인 정 회장은 젊은 날 아버지가 소 한 마리 판 돈을 훔쳐 고향을 떠났고, 오늘날의 현대그룹을 일궈냈다. 그가 이제는 천 마리의 소 떼를 끌고 금의환향하는 감동적인 스토리였다. 현대아산의 금강산관광 사업은 그렇게 시작되었다. 비록 제한적이지만 적대국이 었던 북한이 관광지가 되어 남한 사람들이 페리호를 타고 관광을 가는 모습은 신기할 정도였다.

2000년 김대중 대통령은 남한의 대통령으로서는 처음으로 북한을 직접 방문하여 정상회담을 했다. 그 결실이 '6·15남북공동선언'이다. 이 선언은 화해와 포용을 토대로 남북한의 교류를 확대한다는 햇볕정책을 담고 있다. 개성공단 조성 사업은 이 햇볕정책의 일환으로 2000년에 현대아산과 북한의 아태평화위원회가 체결한 사업이다. 남한은 자본과 기술을, 북한은 땅과 인력을 책임지기로 하고, 개성에 직할시 판문군 평화리에 개성공업특별지구와 배후 시설 100만 평을 조성한 것이다. 2004년 말부터 시범단지에 남한 업체들이 입주했고, 생산을 담당하는 직원들은 모두 북한 주민들이었다. 개성공단은 남북한이 함께 살아갈 길을 만들어가는 실험실과 같았다. 나는 개성공단 2차 분양에 관심을 가지고 알아보았다. 남북 관계가 평화롭게 진행되기만 한다면 우리 '다산' 같은 남한 기업 입장에서도 새로운 기회였기 때문이다.

2007년 10월 2일, 노무현 대통령이 분단 경계선을 걸어서 넘어갔다. 나는 노 대통령이 떠나기 전 국민에게 한 말을 잊을 수가 없다.

"저는 이번에 대통령으로서 이 금단의 선을 넘어갑니다. 제가 다녀오면 또 더 많은 사람들이 다녀오게 될 것입니다. 그러면 마침내 이 금단의 선도 점차 지워질 것입니다. 장벽은 무너질 것입니다. 저의 이번 걸음이 금단의 벽을 허물고 민족의 고통을 해소하고, 고통을 넘어서서 평화와 번영의 길로 가는 그런 계기가 되도록 노력하겠습니다. 국민 여러분, 성공적으로 일을 마치고 돌아올 수 있도록 함께 기도해주십시오. 잘 다녀오겠습니다."

노무현 대통령이 육로로 다녀온 지 4일 만에 내가 포함된 개성공단기업협의회 관련 기업인 등 27명 일행이 금단의 선 위를 날아간 것이다. 나는 북한에 대해서 아는 바가 없었다. 하지만 이제 북한이 내 사업 파트너가 된 셈이었다. 사업하는 사람으로서 북한의 상황을 정확하게 파악해야 했다. 북한이 사업에 대해 어떤 태도를 갖고 있으며, 그 사업을 통해 얻고자 하는 것이 무엇인지 알아야 했다. 그래야 구체적으로 어떻게 협력해야 할지 찾아낼 수 있었다.

일정은 북한 사회와 북한의 산업 실태를 볼 수 있는 코스로 짜여 있었다. 물론 이 코스는 북한 전체적인 실정을 관찰할 수 있는 것이 아니었다. 북한 입장에서 손님인 우리에게 보여주고 싶은 부분만 보여주었을 것이다. 그런 한계가 분명했지만, 북한이 폐쇄성을 걷어내고 우리와 함께하겠다는 의지를 보여준 것만으로도 내게는 긍정적으로 보였다.

만수대 김일성 주석 동상을 참배하러 갔을 때, 우리 일행은 그 앞에서 어떻게 행동해야 할지 망설였다. 오랫동안 '김일성'이라는 이름은 우리에게 금기였기 때문이었다. 북한의 '괴뢰'였고 대한민국의 '주적'이었다. 그런데 적의 사회에서 우상시 되는 김 주석의 동상에 고개를 숙이는 행위가 대한민국 실정법을 어기는 것으로 간주되어 불이익을 당하는 것은 아닐까 고민되기도 했다. 하지만 세상이 달라졌다. 그래서 자본주의를 거부하는 북한이 남한의 기업가들을 받아들이는 중이었다. 북한과 파트너십을 맺고자 하는 남한의 기업가들이 해야 할 일은 파트너인 북한을 존중하면서도 정체성을 지키는 것이었다. 한반도 분단의 역사는 남북 모두에게 상처를 남겼다. 개성공단은 남과 북이 이제 그 상처를 치유하고 함께 살아가는 길을 모색하는 첫걸음이었다. 나는 그것이 다산의 '실사구시(實事求是) 정신'이라고 생각했다. 김일성 주석의 동상 앞에 고개를 숙이는 것은 그런 마음의 표현이었다. 그때 다산 선생님의 말씀을 기억했다.

학자에게는 마음에 근심이 있다. 하지만 그것을 부지런히 따지면서 살펴보면, 이치를 깨닫는 조화로운 경지에 이르게 된다.

우리 일행은 평양 시내 보통강호텔에서 묵었다. 보통강은 평양 시내를 통과해 대동강으로 흐르는 강이었다. 평양 시내는 도로 정비가 되어 있지 않았고, 교통질서도 엉망이었다. 교통사고가 나면 어쩌나 싶었지만, 시민들은 바쁘게 움직이고 있었다.

평양 도착 첫날에 '제3회 평양 가을철 국제상품전람회'를 참관했다. 전람회장에는 모두 89개의 부스가 있었다. 그중에서 30개 부스가 중국 업체들이었다. 러시아, 폴란드, 스위스 업체가 1~3개 부스 정도였고, 나머지는 모두 북한 부스였다. 전시된 상품들은 의류, 식료품, 그림, 구두, 기계 등 제한적이었고 한눈에 봐도 부족한 점이 많았다. 상품전람회 관람을 마치고 평양 시내 개선문과 주체사상탑을 방문했다.

둘째 날에는 평양 인민대학습당과 만경대 김일성 주석 생가, 김일성종합대학에 들렀다가 삼성제일모직 및 정선물산 임가공공장인 모락피복공장과 조선컴퓨터센터를 둘러보았다. 저녁에는 북한이 자랑하는 아리랑 공연을 관람했다. 이 공연은 집단주의의 결정체였다. 1시간 30분 동안 2만 명이 카드섹션을 했는데 단 한 차례의 오차도 없었다. 그 많은 사람들이 기계처럼 훈련되어 움직이고 있었다.

셋째 날에는 묘향산에 갔다. 그곳에서 국제친선관람관, 보현사, 금강암을 방문했다. 묘향산의 산세는 높고 깊었다.

돌아오는 날인 네 번째 날은 만수대 창작관과 김정숙탁아소 방문을 끝으로 평양에서의 일정을 모두 마쳤다.

평양은 너무 낙후되어 있었다. 아리랑 축제를 보고 숙소까지 가는 길에 차가 몇 대 없었고, 그 큰 거리에 신호등이 하나밖에 없었다. 1만 명 관광객이 찾는다는 묘향산 보현사까지 가는 데는 꽤 많은 시간이 소요되었는데도 그 긴 도로변에 휴게소 하나 없었다. 게다가 점심 식사를 하러 간 식당에서는 조개구이를 휘발유로 직접 구워 먹어야 했다. 우리가 묵었던 보통강호텔의 숙박비 250달러는 터무니없이 비싼 가격이었다. 우리나라의 60, 70년대를 보는 듯했다.

순안비행장에서 다시 고려항공 비행기를 타고 김포공항에 도착했다. 남한의 모든 것이 새롭게 보였다. 불과 한 시간 남짓 떨어진 곳에 과거의 세계가 존재하는 듯했다. 북한으로의 여정은 타임머신을 타고 다녀온 시간 여행 같았다.

나는 남북한이 함께 공존하는 대의(大義)를 이루고, 북한의 저렴한 인건비를 이용해 다산의 경쟁력을 키우겠다는 취지로 2007년 6월 29일 개성공단에 1만 2,000평의 공장 부지를 매입했다. 개성공단을 통해 제2의 중국 신화를 이루겠다는 꿈을 꾸기 시작했다.

• 다산 직원들과 개성공단에서.

무너진 개성의 꿈

　중국은 세계의 생산기지였다. 하지만 2000년대 후반 이후로
는 그 장점이 서서히 사라지기 시작했다. 인건비의 급격한 상승
은 다산에게 큰 타격이었다. 1990년대 초만 해도 한국의 50분
의 1 수준이던 인건비가 2006년에는 10분의 1 수준으로, 2016
년에는 4분의 1 수준으로 올랐다. 소규모 업체들은 더 이상 중
국에서 버틸 수 없었다. 중국 금융기관들은 처음에는 전폭적으
로 지원했다. 저금리로 고액을 대출해주던 중국 은행들이 2000
년도를 지나서는 노동집약적인 사업에 대한 대출금을 회수하기
시작했다. 칭다오시는 노동집약적인 사업에 대한 지원을 중단
하고, 기술 사업에 대해서만 지원하기 시작했다.

　칭다오시는 장신구 산업을 대표하는 세계 3대 도시로 성장했
다. 다산은 주얼리 분야로 칭다오에 진출한 최초의 기업이다. 한
창때 칭다오에만 액세서리 업체가 800개가 있었지만, 지금은
500~600개 기업이 남아 있다. 우리가 칭다오에 들어갈 때 칭다
오맥주처럼 청도다산을 유명하게 만들겠다고 선언했다. 중국은
이제 더 이상 20년 전의 개발도상국이 아니다. 중국 경제가 자리

잡게 되자 다산이 설 자리가 조금씩 줄어드는 것을 실감했다.

다산은 소재 산업과 소재를 가공하여 사슬이나 고리 등 주얼리 부품을 생산해왔다. 주얼리 완제품을 생산하지 않았기 때문에 구태여 고급 디자인까지 관심을 두지 않았다. 완제품을 생산하지 않아도 충분히 사업성이 있었기 때문이었다. 결국, 이것은 잘못된 판단이었다. 현실에 안주해서 세상 변화에 둔감했다. 시간이 흐를수록 고급 디자인을 추구한 회사는 고부가가치 상품 판매로 매출 규모가 훨씬 늘어 있었다. 사업의 중심이 소재 산업에서 디자인이나 유통과 같은 고부가가치 사업으로 넘어가고 있었다. 작은 소재들이나 부품들은 우리보다 작은 회사들이 전문적으로 더 싸게 만들 수 있다. 우리는 작은 부품의 생산을 소규모 기업에 넘기고 고부가가치 사업으로 전환해야 상황을 직면하고 있다.

중국에서 생산직 직원을 직접 고용하는 데도 문제가 발생했다. 고용 인원이 2,000명까지 늘어나자 우리가 직접 관리할 수 있는 선을 넘어섰음을 깨달았다. 생산직 직원들을 더 늘리는 것이 불가능해서 작은 업체들에게 하청을 주는 선택을 해야 했다. 중국에서 이전에 하던 방식으로는 사업하는 것은 더 이상 불가능했다. 이제 어떻게 할 것인가? 나는 이 문제에 대한 답을 찾기 위해 고민했다.

중국의 인건비 상승률이 연평균 15퍼센트 이상으로 빠르게 증가했고, 이러한 추세로 본다면 2017년 기준으로 중국의 생산성 조정 임금이 한국 임금 수준의 약 88퍼센트까지 상승할 것으로 예측되었다. 게다가 중국 정부는 외국 자본 기업에 지원했던 제도와 세제 혜택을 점점 줄이더니 2012년에는 완전히 중단했다. 특히 2008년에 기업소득세법을 개정하면서 자국 기업과 외자 기업 모두 동일하게 25퍼센트의 단일세율을 적용했다. 과거 경제특구 내 외국인 투자 기업에 15퍼센트를 적용하던 혜택이 사라졌다. 당시 자국 기업의 기업소득세율 33퍼센트에 비해 경제특구 내 외자 기업이 세제상 특혜를 누렸다. 외자 기업에 대한 중국 정부의 정책이 변화하자 외자 기업들은 새로운 출구를 찾아야 했다. 칭다오에 있던 액세서리 분야 15개 정도의 업체가 다시 한국으로 돌아오기도 했다. 그 업체들은 전라북도 익산의 주얼리 공단에 입주했다.

우리도 장기적인 시각에서 나아갈 길을 모색하고 도전해야 했다. 디자인에 투자하기 위해서 중국에서 근무하던 한국 디자이너들을 한국으로 불러들여서 성수동 본사 사무실에서 디자인과 영업을 담당하게 하는 변화를 시도하기도 했다.

이러한 상황에서 개성공단은 눈이 번쩍 뜨이는 새로운 활로였다. 생산에서 선적까지 국내 단거리에서 가능하니 물류에 걸리는 시간과 비용이 절감되고, 같은 언어로 소통하고, 또 손이 빠르고 정확한 우리 민족의 특성과 근면 성실한 노동문화를 공유하고 있으니 생산성도 높을 것으로 예측되었다. 게다가 우리 민족의 숙원인 남북통일을 위해서 함께 경제적인 도움을 주고 받을 수 있으니 금상첨화였다. 개성공단은 남북한이 공동으로 이뤄내야 할 평화통일의 전 단계이자 남북한의 상생이 걸린 중요한 프로젝트였다.

그러나 2010년 3월 26일 이명박 대통령 시절에 백령도 근처에서 천안함 사건이 일어났다. 당시 정부는 천안함 사건을 북한의 소행으로 규정하고 그간의 상호호혜적 관점에서 조성되었던 남북 관계를 단절시키는 '5·24대북조치'를 발표했다. 그러나 이때도 개성공단은 추가 투자 금지 외에는 다른 제재를 받지 않고 운영되었다.

하지만 이후 2013년 3월 박근혜 정부 출범 직후 북한이 한미 연합 군사훈련과 언론의 보도 태도를 문제 삼아 개성공단에서 북한 노동자들을 철수시키는 상황이 벌어졌다. 이때 정부도 '개성공단 입주 기업들의 철수'라는 강수를 두고 5개월간 팽팽하게 대치했다. 다행히 우리 다산은 큰 피해가 없었다. 부지를 마련했을 뿐 시설 투자나 생산 라인이 가동되는 상황이 아니었기 때문이다. 하지만 당시 남북한 정세 악화로 개성공단 입주 기업들이 입은 손해가 총 1조 500억 원 규모에 이르렀다. 기업들의 입장에서는 기가 막힐 노릇이었다. 이 사태는 북한이 5개월 만에 개성공단 재개를 선언하고, 남북한 관계자들이 개성공단의 유지를 합의하면서 마무리되었다.

2016년 현재, 개성공단은 폐쇄되었다. 2016년 2월 10일 박근혜 정부는 개성공단 전면폐쇄를 선언하며 입주 기업들을 철수시켰다. 북한의 4차 핵실험과 장거리 로켓 미사일 발사 때문이었다. 남북한 평화통일과 공존과 상생의 시금석이며, 상징이었던 개성공단은 남북한 간의 정세 변화에 따라 폐쇄되었다. 개성공단 입주 기업들은 갑작스러운 철수로 생산 시설과 원자재, 제품 등을 그대로 두고 몸만 빠져나온 상태라서 거래처에 대한 신용문제가 발생했고, 납품하지 못해 계약 위반에 따른 손해배상을 해야 하는 처지였다. 개성공단 사업 부지에 투자했던 기업인의 한 사람으로서 정부의 성급한 폐쇄 결정이 매우 안타깝고 가슴 아프게 다가온다.

다산이 개성공단 철수로 입은 손해는 다른 기업들에 비해 크지 않다. 구입한 1만 2,000평의 부지의 미래가 불투명해졌다는 것 외에 현물 손해는 없었기 때문이다. 그러나 기회비용 차원에서 보면 참으로 아쉬울 따름이다. 남북이 지혜롭게 협력하고, 북한을 잘 관리하면 대한민국은 5년 안에 세계경제에서 선진국의 지위를 차지할 것이 분명해 보였다. 기업인에게 북한은 황금의 땅이다. 전 세계에 나가 있는 우리나라 공장들이 북한에 들어가 안정적으로 운영된다면, 우리 기업들은 세계 최고의 경쟁력을 가질 수 있기 때문이다.

이제 베트남으로

　다행스럽게도 우리에게는 개성 대신 선택할 수 있는 기회의 땅이 남아 있었다. 베트남 하노이였다. 베트남과 인연을 맺게 된 것은 순전히 우연한 방문 덕택이다. 2009년부터 칭다오에 있던 한국 기업들 중에서 베트남 하노이 근처 동반공단에 진출한 회사들이 있었다. 칭다오의 인건비 부담을 견디지 못한 소규모 기업들이 베트남에 5만 평 땅을 마련해 한국 기업 단지를 조성한 뒤 입주한 것이다. 그 기업들이 내게 베트남에 놀러 오라는 제안을 수차례 반복했다.

• 베트남 공장 전경.

개성공단에 부지를 마련해두었기 때문에 그곳에 별다른 매력을 느끼지 못했다. 별생각 없이 5만 평 동반단지 구경에 나섰다. 막상 베트남에 가보니, 새로운 호기심이 생겼다. 저녁 식사 자리에서 공장 하나가 남으니 사라고 권유했다. 나는 그 자리에서 수락했다. 그것이 베트남 진출의 시작이었다. 그 당시에 베트남 공장 구매는 개성공단이 있었기 때문에 불필요한 선택일 수도 있었다. 하지만 개성공단이 폐쇄된 지금 베트남은 우리에게 유일한 기회의 땅으로 남게 되었다.

베트남에 진출하기 전, 우리는 개성공단과 베트남의 장단점을 비교해보았다. 먼저 개성공단의 장점은 언어, 입지 조건, 인건비 등을 들 수 있었다. 단점으로는 정치적인 위험이 크다는 것과 북한 인력을 충분히 구하기 어렵다는 것이었다. 개성공단에 입주하는 다양한 업체들에서 필요한 인력은 총 10만 명 정도인데 가능한 인력은 최대 5만 명에 불과했다. 많은 인력을 요구하는 액세서리 제조업의 특성에 비춰볼 때, 개성보다는 베트남에 있는 것이 유리했다.

베트남의 장점은 저렴한 인건비였다. 우리나라의 인건비가 200만 원일 때, 베트남에서는 16만 원이었다. 그러나 단점은 언어 장벽이 높다는 점, 한국과의 거리가 멀어 운송 비용이 많이 든다는 점이었다. 아울러 베트남에서는 외국 기업의 진출 규모를 제한하고 있었다. 이것이 장기적인 성장을 방해하는 어려움이 될 수 있었다.

개성공단과 베트남 두 곳의 장단점을 놓고 고민했다. 임원진과 함께 베트남을 몇 회 방문하면서 부지를 둘러보고 베트남의 가능성을 탐색해보았다. 이때 동반공단에 현지 공장을 설립한 한국패션㈜ 이만희 사장이 내게 많은 조언을 해주었다. 그러던 중 2010년 5·24대북조치로 남북 관계가 경직되었고, 개성공단에는 공장을 지을 수 없었다. 고민 끝에 액세서리 공장의 입지를 베트남으로 결정했다.

다산은 2011년 4월 18일 공장 건설 승인을 받고, 2012년 3월 14일에 동반공단 근처 하남성 푸리시에 약 1만 5,000평의 토지를 구입했다. 하남성 푸리시는 베트남의 수도 하노이에서 1시간 30분 정도 떨어진 곳이다. 총 500만 달러를 직접 투자하여 2013년 5월에 공장 동, 사무 동, 기숙사 동, 식당 동, 협력업체용 2동 등의 생산 시설을 완공하고, 2014년 1월부터 제품 생산을 시작함으로써 본격적으로 청도다산을 대신하는 주얼리 생산기지가 되었다. 2016년에는 동선과 EDM(electric discharge machining, 방전 가공) 사업부까지 이전하는 프로젝트를 진행하고 있다.

사실 청도다산은 2009년 1월에 칭다오 시내에 3만 8,000제곱미터의 부지를 마련하기도 했다. 그곳에 건물 1만 5,000제곱미터의 규모로 현대식 신공장을 짓고 이전을 준비했다. 그 시기는 중국의 정책이 외자 기업에 불리한 방향으로 변화되어 많은 기업들이 중국을 떠나던 시기였다. 신공장 건설은 1992년 한국의 시화공단에 공장을 신축한 이래로 가장 큰 금액의 단일 투자 사업이었다. 나는 미래를 창조하는 방식으로 미래를 준비하고 싶었다. 그곳에서 동 가공 사업과 고부가가치 액세서리 사업을 비롯한 신성장동력을 제공할 신사업을 펼칠 계획이었다. 중국 시장을 독점했던 20년 전의 창업 정신을 기억하고 다시 한 번 중국을 중심으로 세계로 도약하고자 시도했다. 결국, 그 판단은 실수였다. 나는 중국에서의 확장을 단념하고 신공장 사업에서 철수해야 했다.

내게 놀라운 성취를 안겨준 중국을 쉽게 떠날 수 없었다. 생산직원들이 대부분 20년이 넘은 창업 멤버였고, 이들에게 쌓인 경험과 노하우도 만만치 않은 재산이었다. 그 사회에서 쌓아올린 신뢰와 관계들도 무형의 재산이었다. 하지만 중국의 현실은 점점 달라졌다. 더 이상 버티는 것은 잘못이었다. 더 버티다가는 오히려 손해를 볼 수 있는 것이 현실이었다. 하지만 나는 그것을 인정하지 못했다. 그것을 인정하는 데 너무 많은 시간이 소요되었다. 중국에서의 성공의 기억에서 벗어나기가 너무 어려웠다. 중국의 여건이 변하고 있었지만, 중국 사업에 대해서는 그 애착 때문에 냉철한 입장을 취하기 어려웠다.

내 개성공단 투자 결정은 보수적인 정부의 북한 정책을 너무도 낙관한 결과였다. 중국 칭다오에 추가 투자를 시도한 것도 어리석은 일이었다. 중국 성공 신화에 너무 집착했기 때문에 생긴 결과였다. 내게는 새로운 사업을 과감하게 시도하는 남다른 용기가 있다. 그래서 칭다오와 베트남을 개척할 수 있었다. 모험과 개척은 내 유전자에 각인되어 있다. 하지만 무엇인가를 단호하게 포기해야 할 때, 그것을 결정할 용기는 부족했다. 내 실수를 인정하는 것만이 새로운 다산의 미래를 가져올 것이다.

베트남 사업 부지를 생각하면 지금도 감사한 마음이 든다. 우연히 베트남 공단을 방문하지 않았다면, 우리는 중국, 개성, 시화 어디에도 갈 곳이 없어 방황했을지도 모른다. 개성과 중국에 대한 꿈을 접을 수밖에 없었다. 하지만 오늘 또 다른 꿈을 꾸기 시작한다. 베트남은 다산이 다시 일어서는 가능성의 땅으로 남을 것이다.

제5장

가문과 가족을
위하여

다산 선생님을 따르는 사람들

나의 가장 큰 행운, 아내

내 삶의 보물, 자녀들

잊혀진 역사를 찾아서

말하는 자는
공정하게 말하고,
듣는 자는 공정하게
들어야 한다

다산 선생님을 따르는 사람들

• 다산 탄생 250주년 회혼식 날 아내와 함께.

아내는 족두리를 쓴 신부가 되었고, 나는 사모관대를 쓴 신랑이 되었다. 어색하고 부끄럽기도 했다. 하지만 아내를 향해 새로운 애정이 솟는 것 같았다. 2012년 8월 4일, 경기도 남양주군 능내면 다산기념관에서 열 쌍 부부가 회혼 예식에 참여한 순간이었다. 다산 선생님 탄생 250주년을 기념하는 행사였다. 부부가 함께 60년간 해로한 것을 축하하고 기념하는 의식은 우리 부부에게 매우 의미 있는 추억을 선사해주었다. 다산 선생님은 마지막에 이 시를 남겼다.

> 60년 세월, 눈 깜짝할 사이 날아갔네.
> 복사꽃 무성한 봄빛은 신혼 때와 같구나.
> 살아 이별, 죽어 이별, 사람은 늙었어도
> 슬픔은 짧았고, 기쁨은 길었으니, 큰 은혜에 감사하네.

회혼례 날 남긴 이 시 한편이 다산 선생님의 마지막 작품이다. 그분의 인생은 참으로 파란만장했다. 왕의 총애를 받아 거중기, 수원화성 등을 만들며 승승장구했다. 그러나 정적들의 공격으로 집안은 폐족으로 몰락했다. 피비린내 나는 박해의 한복판에서 겨우 목숨만 건지고, 중앙에서 한참 떨어진 강진에 버려졌다. 18년이 지나서야 살아서 고향으로 돌아갈 수 있었다. 그로부터 다시 18년이 지난 후 75세의 다산 선생님은 자신의 회혼 예식 일 아침에 지나온 삶을 돌아본다.

생사를 넘나들며 고난과 슬픔을 겪었던 다산 선생님이 무엇에서 기쁨을 느꼈을까? 그분은 유배를 패배나 슬픔으로 받아들이기보다 연구의 기회로 받아들였다. 좋아하는 일에 몰입해 하나씩 성취해 나가는 과정에서 기쁨을 느꼈을 것이다. 그런 과정에서 하나의 연구가 또 다른 연구 주제와 성취로 발전했을 것이다. 아침에 눈을 떴을 때, 해야 할 일이 있다는 기대에 마음이 부풀었을 것이다.

유배지에 있는 남편에게 다산 선생님의 아내는 자신의 다홍치마를 보낸다. 선생님은 그 다홍치마에 결혼을 앞둔 딸과 아들들에게 진심을 담은 편지를 써 내려간다. 다정함과 배려가 편지 곳곳에 드러난다. 어려운 상황에도 가족을 사랑한 다산 선생님을 마음으로 존경하게 된다.

다산 선생님은 강진에서 제자들을 가르치고 그들과 함께 책을 발간했다. 스님들과 교류하면서 승려들을 제자로 두기도 했다. 극심한 절망의 시간들은 이렇게 기쁨의 시간으로 바뀌었다. 그러한 삶을 누가 알아주는지 여부에 개의치 않았다. 선생님은 타인의 시선에 아랑곳하지 않고 자신의 인생을 산 것이다.

다산 선생님은 대부분의 저작들을 다산초당에서 썼다. 그 곁에는 18명의 제자들이 있었다. 다산이 해배되어 강진을 떠날 때, 그는 강진에서 일구었던 재산을 정리하여 이 제자와 함께 '다신계(茶信稧)'를 만들었다. 제자들에게 다신계가 제대로 운영되는지 관심을 가지고 질문하곤 했다.

다신계는 스승 다산을 존경하고 그의 학문을 계승한 제자 18명의 모임이다. 구성원은 이유회, 이강회, 정학가, 정학포, 윤종문, 윤종영, 정수칠, 이기록, 윤중기, 윤종벽, 윤자동, 윤아동,

윤종심, 윤종두, 이택규, 이덕운, 윤종삼, 윤종진이었다. 이들은 스승의 말씀을 토대로 전문 8조의 '다신계절목(茶信契節目)'이라는 규약을 만들어 이 약속을 지키고자 했다. 그 규약 속에는 다신계의 이름으로 마련한 차밭과 논밭의 관리와 수확을 누가 어떤 방법으로 할 것인지, 1년에 몇 번 어떤 방법으로 모일지, 모여서 무엇을 할 것인지 매우 상세하게 적혀 있다. 이들은 매년 청명 한식날과 국화꽃 개화일에 모여서 함께 차를 나눠 마시며 함께 시를 짓고 이것을 모아 다산 선생님의 아들인 유산에게 보냈다.

다신계에 속한 18명의 제자 중에 해남 윤씨가 10명이었다. 고향으로 돌아간 스승을 뵈러 직접 찾아가기도 했던 두 명의 제자 중 한 명이 윤종진 할아버지였다. 다신계는 귤동마을 해남 윤씨들을 중심으로 이어져 왔고, 지금도 그 모임이 지속되고 있다. 귤동마을 다산회당 맞은편에 전통찻집이 있다. 그 찻집의 현관에 '다신계'라는 현판이 붙어 있다. 나와 같이 윤종진 할아버지의 후손인 윤동환 전 강진군수가 운영하는 찻집이다. 그는 200년 전통의 다신계 전통을 잇고 있다. 해마다 다산과 제자들이 함께 거두던 차나무에서 차를 거둬 처음으로 내린 차를 다산의 영정 앞에 올리고 다산의 후손들에게 차를 보내고, 다산 관련 책들도 저술하는 등 다양한 활동을 하고 있다. 특히, 친척으로 집안 대소사를 챙겨주시던 감산 할아버지(윤재찬)는 평생

다산 선생님 연구에 헌신했다. 200년 전 계를 만든 다산 선생님
이 흐뭇하게 여기실 일이다.

• 다산회 회원들과 함께.

1988년 설 즈음이었다. 강진 귤동마을에 손님들이 찾아왔다.
다산 선생님을 흠모하는 경제학자들이 친목 모임으로 다산 유
적 탐방차 방문한 것이다. 나는 김성훈 전 농림부 장관과도 친
분이 있어서 그분들을 모시고 다산 유적을 안내해드렸다. 그
과정에서 내가 우리 집안과 다산 선생님과의 깊은 관계, '다산'
이라는 회사명의 내력에 관해 설명해드렸다. 함께 귤송당, 다산
초당, 천일각, 백련사를 걸으면서 이야기를 나눴는데 모두 깊은
감동한 듯했다.

김성훈 교수는 이후에 다산 선생님을 널리 알리기 위해서 함께 사업을 해보자는 제안을 했다. 그 제안으로 경제학자들과 내가 함께 설립한 것이 '다산회'다. 이렇게 조순 전 부총리, 김성훈 전 농림부 장관, 한승수 전 국무총리 등을 구심점으로 한 열두 명이 모여 '다산회'를 출범시켰다. 우리는 두 달에 한 번씩 부부 동반으로 모여서 다산기념사업을 해나갔다.

　다산회는 매년 다산강론회를 열어 다양한 측면으로 다산 선생님을 조명했다. 우리는 부부 동반으로 참석해서 열심히 공부했다. 1989년 아버지께서 기증하신 부지 위에 다산회 회원들이 사재를 출자해서 다산회당을 건립했다. 우리의 뜻에 동참하는 『무등일보』의 김정호 사장이 낸 기금까지 포함해서 모인 금액은 총 4,500만 원이었다. 그 금액은 회당을 건축하기에는 부족했다. 그때 전통가옥 전문 건축가인 김홍식 명지대 교수가 무료로 한옥 구조의 설계와 건축 업무를 담당해주었다. 이렇게 많은 분들의 헌신과 관심으로 다산회당이 다산학의 전당으로 탄생했다. 다산회는 다산회관을 10년간 운영하다가 1999년 강진군에 기증했다.

• 다산회당 기증식.

　나는『무등일보』김정호 사장님께 감사했다. 지역 신문인『무
등일보』는 다산회 회장인 조순 박사님을 포함한 10명의 회원들
이 참석한 좌담회 내용을 다산학 재조명 특집 기사로 게재해주
었다. 청도다산 10주년 기념으로 발간한 중국어판『목민심서』의
출판하는 과정에도 도움을 주셨다. 청도다산 10주년 기념식에
조순 전 부총리와 함께 청도를 찾아와 진심으로 축하해주시고
기뻐해주었다.

　다산회는 '동북아경제연구회'라는 전문 분야 소그룹을 만들
어 중국을 방문했다. 다산회는 중국 길림성 장춘시 길림대학

조선연구소를 방문하면서 한국 도서 2,000권을 기증하겠다는 약속을 했다. 귀국 후 이를 지원해줄 후원자를 찾았다. 이때 기꺼이 나선 분이 장인어른인 백천기업 최영진 회장이었다. 다산회 사업에도 아버지와 장인어른은 내 든든한 후원자셨다.

•중국 길림성 조선연구소에 책을 기증하고 계신 장인어른.

다산 선생님은 유언으로 자신의 학문을 알아주는 사람이 없으면 자신의 저서를 태워버리라고 했다. 하지만 그 학문의 가치는 오늘날 더 주목받고 있다. 다산 선생님의 정신을 계승 발전시키려는 모임도 더 늘어나고 있다. 다신계와 다산회 외에도 박석무 전 의원이 만든 (사)다산연구소, 실학연구소, 다산학회 등이 있다. 우리는 다신계의 제자들이 그러했듯이 서로 협력해서 스승 다산이 제시했던 사상과 학문을 계승하려고 노력하고 있다. 특히, 다산 선생님 자료를 연구하면서 알게 된 정민 교수는 해박한 한자 실력을 바탕으로 다산학 연구에 큰 기여를 하고 있다. 나는 (사)다산연구소의 이사로 활동하면서 연구소에서 주최하는 '다산 정약용 선생 묘제 및 헌다례'라는 행사에서 제주인 종헌관(終獻官)을 맡아 의식을 진행하기도 했다. 다산 선생님의 생가가 있던 남양주 다산 유적지에서 진행된 이 행사는 내게 특별한 기억으로 남아 있다.

• 다산 선생님 묘제 및 헌다례식에서.

남양주시에서 주최하는 '다산문화제'는 올해로 30회가 된다. 이 문화제 행사의 클라이맥스는 '다산 대상'인데, 문화예술, 실용과학, 사회복지, 청렴 봉사의 네 분야에서 '이 시대 진정한 정약용'을 찾아 포상하는 것이다. 다산문화제에서는 이 시대 정약용을 '다산의 실사구시 위민정신을 우리 사회 곳곳에서 실현하는 사람'이라고 정의했다. 실사구시와 위민정신은 어떤 단어로 요약될까? 나는 '공정함'이라고 생각한다. 다산 선생님은 이렇게 말씀하셨다.

나는 내 기분에 따라서 이야기를 가려듣지 않았다. 말하는 자는 공정하게 말하고, 듣는 자는 공정하게 들어야 한다.

언어가 그 투명성, 정직성을 상실하면 사회가 무너진다. 다산 선생님은 자신의 이익에 따라 왜곡하는 것을 경계하셨다. 우리 사회에는 공공성과 투명함이 절실하다. 공정한 태도 없이는 다양한 사람들의 의견이 통합되는 건강한 사회를 기대하기 어렵다. 다산 선생님이 꿈꾸는 공정한 사회로 한국 사회가 성숙하기를 간절히 바란다.

• 강진군민의 상 수상식.

나의 가장 큰 행운, 아내

내 인생의 최대의 행운은 아내와의 만남이었다. 1975년 봄날, 계동 현대사옥 앞 호텔 커피숍에서였다. 중매로 처음 만났지만, 우리의 첫 만남은 아침 10시에서 오후 5시까지 이어졌다. 종갓집 종손이라는 자부심이 있었지만, 그것이 결혼에는 감점 요인임을 잘 알았다. 그래서 첫 만남에서는 종손이라는 말을 하지 않았다. 목포를 대표하는 사업가의 막내딸인 아내는 사랑만 받고 자라서인지 꾸밈없이 순수했다. 싹싹하면서도 재기발랄했다. 아내가 마음에 쏙 들어서 걱정이 앞섰다. 관계가 무르익은 시점에 종손이라는 고백을 했다. 일곱 번의 데이트 시간은 꿈만 같았다. 오전 10시에 만나서 밤 12시에 헤어지기를 반복했다. 아내의 밝고 명랑한 성품은 내게 기쁨을 선사했다.

결국, 부잣집 막내딸은 종갓집 며느리가 되었다. 아내는 결혼 후 동교동 집에서 시부모님, 시동생들과 함께 신혼 생활을 해야 했다. 내 생활은 크게 달라진 것이 없었다. 대학원과 사업을 병행할 때였고, 또 다른 사업을 구상 중이었으니 바깥 일에 매진할 수밖에 없었다. 나 하나 바라보고 낯선 환경에 들어온 아내는 갑자기 아내, 며느리, 형수, 올케의 역할을 감당해야 했으니 어려움이 컸을 것이다. 그때는 그런 생각조차 하지 못했다. 그 냥 여자는 그래야 한다고 생각했다. 딸을 낳아 길러보니 그것이 당연한 일이 아니라는 사실을 깨달았다. 내 딸이 눈에 넣어도 아깝지 않을 만큼 소중했던 것처럼 장인어른에게도 아내는 그 런 존재였을 것이다. 그 생각을 하니 신혼 초에 아내에게 좀 더 자상하게 대해주지 못한 것이 미안했다.

아내에게는 긍정적인 에너지가 있었다. 사업가의 딸이라서 사 업하는 남자의 어려움을 잘 이해하고 도울 줄 알았다. 장모님 은 아내에게 이렇게 말씀하셨다고 한다.

"이제부터 너는 사업가의 아내다. 그러니 항상 돈을 만들어야 한다. 돈을 아껴 목돈을 모아두었다가 남편이 필요하다고 할 때 내주어야 한다. 부동산 사지 말고 현금을 준비하여라."

처가는 목포에서 서너 번째 꼽히는 부잣집이었다. 목포 백천 기업, 목포조선, 제일제강이 장인어른의 사업체였다. 결혼 전 프랑스에서 수입한 원피스를 입고 살 정도로 풍족한 생활을 하 던 막내딸이 사업가의 아내가 되겠다고 하자 장모님이 일종의 멘토링을 하신 셈이다. 그런 교육을 받은 덕분인지 아내는 '살림 의 여왕'이었다. 내가 하는 일에 불평불만이 없었고, 오히려 어 떻게든 도우려고 애썼다.

사업을 하다 보면 항상 자금이 부족하다. 조금이라도 자금이 있다면 그것을 생산적인 데 써야 했다. 가족에게 필요한 생활비는 항상 제일 마지막에 주게 되었다. 생활비는 늘 모자라기 일쑤였고, 늦게 주거나 전혀 못 주기도 했다. 그래도 아내는 불평 없이 세 아이들을 잘 길러냈다. 그런 아내 덕분에 나는 평생 사업에만 몰두할 수 있었다. 애들 교육도 아내 몫이었다. 아내 덕분에 나는 내 일에만 집중하고도 가족들에게 고맙다는 소리를 들었다.

아내는 사업도 잘했다. 액세서리협회에서 강동구 성내동의 9층 빌딩을 사서 업자들에게 임대했다. 건물 전체가 액세서리 매장이었다. 이때 아내는 한 매장을 임대해서 우리 제품을 판매했다. 연 매출 24억이었는데 마진이 20퍼센트였다. 우리가 직접 만들기 때문이었다. 아내는 그 매장에서 10년 동안 20억 이익을 냈고, 50억 자산을 만들었다. 나는 집에 생활비를 주지도 않았고, 아내도 내게 돈을 달라고 한 적도 없었다.

회사가 부도났을 때, 살고 있던 전셋집에 압류가 붙었다. 아이들과 함께 처형 집에 신세를 지게 되었다. 그때 아내는 김치를 담가 팔았다. 화의신청을 했을 때, 나는 회사 부채를 갚기 위해 개인재산을 팔겠다고 나섰다. 그때도 가족생활은 아내가 모두 책임지고 해결했다.

우리 가족은 아이들이 다 자라 결혼할 때까지 우리 집이 없었다. 신혼 생활을 했던 아버지 댁에서 분가하여 아버지가 결혼 전 사놓으신 연남동 집으로 이사했다. 그리고 곧 나는 조금 더 큰 집을 사서 이사를 했다. 하지만 창업자금이 필요해서 그 집을 팔고 여의도에 있는 25평 아파트에서 월세살이를 했다. 여의도에서 몇 년을 살다가 나는 다시 동교동 본가로 들어와 살았다. 한두 번 집을 산 적이 있지만, 곧 사업 자금이 필요해서 집을 팔고 다시 전세로 이사하곤 했다. 집을 팔아 사업 자금을 마련할 때에도, 월세 독촉을 받고 사는 집이 압류를 당할 때도 아내는 자신이 불행하고 가난하다는 생각을 하지 않고 자신감을 유지했다. 아내에게는 어떤 환경에서도 굴하지 않는 긍정적인 믿음과 밝은 기운이 있었다.

아내의 패션 센스는 유명하다. 인간개발연구원의 연말 모임에서 해마다 패션왕을 뽑는데 아내가 자주 뽑혔다. 때와 장소에 맞는 옷차림 센스가 있다. 사교성도 좋아서 부부 동반 모임에 가면 다들 좋아한다. 귤송당 생가에 홀로 계시는 구순의 어머니에게도 아내는 살가운 며느리다. 귀한 집에서 막내딸로 태어나 고생 모르고 살던 아내가 나와 결혼해서 고생을 많이 했다. 나는 늘 쑥스러워서 아내에게 표현은 못 했다. 나는 아내를 보기만 해도 기분 좋았다. 그리고 무엇보다 고맙고 미안했다.

아내는 내 인생 최고의 행운이다. 사업가의 딸이었기에 사업가인 나와 잘 맞았다. 아내는 사랑이 많은 사람이라서 내 부족한 점을 늘 따스한 마음으로 품어주었다. 내가 병을 얻은 후 아내가 나를 돌보기 위해 했던 노력과 수고는 눈물겨운 것이었다. 내가 파킨슨증후군에 걸리자 그 작은 몸으로 통통 뛰어다니며 나를 치료하기 위해 혼신의 힘을 다했다. 그 수고와 헌신은 지금도 현재진행형이다. 그런 아내를 볼 때마다 눈물이 난다. 다산 선생님은 이렇게 말씀하셨다.

아내가 게으른 것은 집안을 망치는 근본 원인이다.

이 말을 뒤집어 보면, 부지런한 아내가 집안을 세운다는 말이다. 딱 내 아내를 두고 하는 말이다. 특히 발병 이후 나는 깨달았다. 내가 이룬 모든 성공은 내 노력의 결과가 아니었다. 아내가 내 파트너가 되어 이룬 성과였다. 아내가 가정을 책임져 주지 않았다면, 나는 일에만 집중할 수 없었을 것이다. 특히 위기에 처했을 때, 아내가 든든하게 버텨준 덕분에 극복할 수 있었다. 언젠가 아내가 지인에게 이런 말을 했다는 소리를 전해 듣고 많이 고마웠다.

"남편은 말을 함부로 하지 않는다. 말을 하면 반드시 책임을 진다. 그래서 나는 남편을 믿을 수 있었다. 아무리 속상하고 힘들어도 자기 가족 험담을 하지 않고, 만취해서도 말실수를 절대

하지 않는다. 회사 직원들을 진심으로 대하고 회사를 위해 최선을 다한다. 남편은 진실한 사람이다."

꽃처럼 고운 아내를 데려와 고생 많이 시켰다. 그런데도 아내는 원망하지 않고 나의 장점을 보고 사랑해주는 대인(大人)이다. 막내딸 고생시키는 사위한테 처갓집 가족 행사에 빠지지 않고 참석했다고 칭찬해주시던 장인어른, 장모님의 긍정적인 마인드를 빼다 박았다.

내가 아플수록 아내는 더 씩씩하고 부지런해졌다. 초긍정적인 마음으로 약해지는 나를 응원하고 용기를 준다. 도움이 된다면 국내는 물론 외국의 치료법까지 부지런히 찾아내어 해보자고 한다. 열심히 운동하고 치료하면 나을 수 있다고 믿는 아내의 이런 긍정적인 태도에 나는 큰 힘을 얻는다. 나는 그 마음을 표현하지 못했다. 하지만 나는 마음속으로 수백 번을 더 말하고 있다.

"고맙고, 고맙고, 또 고맙습니다. 당신은 내 인생 최고의 행운입니다. 사랑하는 나의 아내, 최귀재 여사!"

• 나의 가장 큰 행운, 아내.

내 삶의 보물, 자녀들

그날 중환자실 앞에서 울며 기도했다. 하나님께 장남 홍식이를 살려만 달라고 간절히 빌었다. 큰 교통사고로 홍식이는 의식을 잃고 중환자실에서 사경을 헤맸다. 홍식이는 이 집안의 미래였다. 그 종손이 의식을 찾지 못한 채 인공호흡기에 가느다란 생명을 의지하고 있었다. 아들을 위해서라면 모든 것을 다 내놓을 수 있을 것 같았다. 일하느라 아이들과 더 많은 시간을 보내지 못한 것이 큰 후회로 다가왔다.

홍식이는 기적적으로 의식을 찾았다. 지금은 회복되어 건강하게 내 옆을 지키고 있다. 홍식이가 살아난 것을 생각하면 지금도 너무 감사할 따름이다. 홍식이가 그 순간 우리를 떠났다면, 나는 삶의 의미를 상실한 채 공허감에 치를 떨었을 것이다.

• 장남 홍식 결혼식.

　홍식이의 결혼은 내게 특별한 기쁨을 선사했다. 무엇보다 맏
며느리가 마음에 들었다. 스스로 자립해서 생활해온 강인한 태
도, 검소한 생활습관, 타인을 배려하는 모습이 내 마음을 흐뭇
하게 했다. 사돈 집안의 분위기도 이와 같았다. 잃을 뻔했던 아
들을 되찾은 것도 기쁜데, 좋은 반려자를 만나 새 가정을 이
루게 되었다는 사실에 더 기뻤다. 큰 꿈을 가지고 있는 홍식이
가 내 아내처럼 듬직하고, 지혜로운 아내를 만났다. 종갓집 맏
아들의 결혼은 한 개인의 문제를 넘어 가문의 미래를 결정하는
중대사였고, 나는 그 대사를 조상들에게 부끄럽지 않게 마친
셈이었다.

　나는 홍식이가 나보다는 더 가정적인 삶을 살기 바란다. 일만

큼 가정도 중요하다는 것을 나이가 들어서야 깨달았기 때문이다. 그래서 홍식이가 맏며느리를 존중하고 사랑하며 딸 예서를 끔찍이 위하는 것을 보면 마음이 흐뭇해진다. 홍식이에게는 남다른 에너지와 열정이 있었다. 수리와 계산에 밝았고, 모든 것을 체계화시키는 탁월한 머리를 타고 나서 연세대학교에서 경영학을 전공했다. 나는 홍식이가 자신의 장단점을 인식하면서 적절한 자리에서 사업을 꾸려나가기를 바란다.

우리 부부의 첫 자녀는 딸 희정이다. 희정이는 동교동에서 테니스장 사업을 할 때 태어났다. 우리 부부는 총명하고, 성실하며, 밝은 성격을 지닌 희정이에게 잔소리할 일이 없었다. 희정이의 말과 행동에는 늘 진실함, 담백함, 적절함이 있었다. 초등학교 때는 노래를 잘해서 성악 레슨을 받고 예원중학교에 입학했다. 하지만 공부도 잘했던 희정이는 변성기가 오는 바람에 음악을 그만두고 대원외고에 입학했다. 이화여대 영어교육과를 졸업한 뒤로 희정이는 초등학교 교사가 되었다.

희정이는 어려서부터 신앙심이 깊어서 신학을 전공하겠다고 하기도 했다. 나는 희정이가 목사님 사모나 선교사가 되겠다고 할까 봐 걱정했다. 너무 신앙생활을 열심히 하는 것이 내 유일한 걱정거리였다. 좋은 배경의 신랑감들을 소개해주어도 다 거절하니 속이 탔다.

어느 날 희정이는 내게 편지를 보냈다. 자신은 '세상이 기뻐하는 조건'보다 '영혼이 기뻐하는 사람'과 결혼하겠다는 내용이었다. 자신이 좋은 배우자를 만나기 위해서 새벽마다 기도하고 있으니 걱정하지 마시라는 내용을 담아 세 장이나 되는 편지를 썼다. 지금까지 한 번도 속을 썩이지 않던 딸이었는데 나는 그 편지에 너무 화가 나서 편지를 집어던졌다. 그 편지가 꼭 교회 사모가 되겠다는 것처럼 느껴졌기 때문이다. 하지만 결국 딸 희정이는 신앙이 좋아 자신과도 대화가 통하는 지금의 사위와 결혼했다. 사위는 서울대 법학과를 졸업한 뒤 사법고시에 합격하여 사법연수원에 있었다. 능력을 갖췄으면서도 성품도 순수해서 믿음직스러웠다. 지금도 회사와 집안에 어려운 일이 생길 때마다 딸과 사위를 찾아가 마음을 터놓고 의논하곤 한다.

2002년 희정이의 결혼식 날, 나는 하염없이 울었다. 너무 기쁘기도 하고, 감격스럽기도 하고, 딸을 매일 볼 수 없어서 서운하기도 해서 복잡한 마음에 눈물을 흘렸다. 희정이처럼 내 이야기를 경청해주는 사람은 없었다. 내 마음이 껄끄러워질 때마다 누구보다 먼저 내 마음을 읽고 내게 위로와 기쁨을 주었다. 희정이는 그 나이를 뛰어넘는 지혜와 성숙함이 있었기에 떠나보내기가 쉽지 않았다. 딸과 사위처럼 서로 사랑하며 존중하는 부부를 보지 못했다. 그 부부의 삶은 참으로 지혜로워 보인다. 그 모습에 내 마음이 흐뭇해진다. 희정이의 선택이 옳았다.

•2008년 지중해 크루즈에서 딸, 사위와.

우리 집에서 내 생일을 맞이하여 사돈 부부를 초청해 함께 식사했다. 그때 나는 희정이가 내게 결혼 전에 보냈던 그 편지를 사돈 부부에게 읽어드렸다. 그 자리에서 편지를 읽으니 눈물이 흘렀다. 사돈 부부와 사위도 내 마음에 공감하여 눈시울이 붉어졌다. 사돈 내외와 마음을 나누는 그 순간 너무 행복했다. 어려서부터 이해력과 암기력이 뛰어난 예준이는 우리의 첫 손주다. 남다르게 명석한 두뇌로 예준이의 미래를 기대하게 된다. 탁월한 사교성과 열정을 지닌 손녀 예지는 아버지를 닮은 글솜씨로 우리에게 위로와 기쁨을 선사하는 행복 바이러스이다.

　대영이는 눈에 넣어도 아프지 않을 사랑스러운 막내아들이다. 어렸을 때부터 남다른 애교와 유머 감각으로 우리 가족에게 웃음을 선사했다. 대영이는 아이스하키 선수로 활동했다. 주니어 국가대표팀으로 선발되기도 했고, 동원드림스 아이스하키팀에서 활동했다. 나는 대영이가 시합하는 아이스링크에 방문하는 순간 너무도 즐거웠다. 대영이는 활동량은 많지 않았지만, 항상 머리를 써가면서 플레이를 했다. 대영이의 위치 선정 능력을 보면서 늘 똑똑하다고 생각했다.

　대영이가 비즈니스로 진로를 바꾸고 어학연수를 위해 영국 런던으로 갔다. 대영이의 영어 실력은 일취월장했다. 나는 대영이의 집중력과 성실성에 놀라기도 하고 감동했다. 중국 청도다산으로 간 뒤 중국어도 배워서 지금은 전 세계를 다니며 자신의 몫을 해내고 있다.

• 차남 대영이의 칭다오 결혼 피로연에서.

대영이는 잘생긴 외모만큼 자기 관리에도 철저했다. 나는 대영이의 판단을 존중했다. 대영이는 여러모로 신중한 성격이고, 쓸데없는 일에 자신을 낭비하는 일이 없다. 대영이는 신라호텔 마케팅 부서에 근무하는 막내며느리와 결혼했다. 신라호텔에서 인정받은 사람이라면 남편을 이해하고 힘든 고비도 함께 헤쳐 나갈 수 있을 것이라는 신뢰가 있었다. 해외 출장이 잦은 대영이를 이해하면서 신라호텔에서의 경험을 살려 다산의 일을 돕는 며느리가 대견하다. 결혼하자마자 이국땅인 중국에 정착해

207

서 주아와 지성이를 키우느라 고생이 많았을 것이다.

중국에서의 사업을 제대로 정리하지 못하는 상황은 내게는 큰 짐이었다. 대영이는 이 모든 짐을 스스로 짊어지고 중국 정부와의 관계에서 생긴 모든 고난을 견뎌냈고, 직원들을 정리하는 문제도 지혜롭게 처리해냈다. 칭다오에서 대영이가 과단성 있게 일을 처리하지 못했다면, 칭다오 시대를 마감하고, 베트남 하노이 시대를 열지 못했을 것이다. 다산 선생님은 자손들에게 재산을 물려주는 것이 얼마나 어리석은 일인지 이렇게 말씀하셨다.

> 토지 문서를 살펴보면 그 소유권이 백 년 사이에 보통 여섯 번 바뀐다. 심할 때는 7회에서 9회까지 변동된다. 그런데도 부자들은 자신의 넓은 토지를 보면서 후손들에게 '만세의 터전'을 물려주겠다고 착각한다. 대부분의 사람들이 지키지 못한 재산을 자신과 후손들은 영원히 물려주겠다고 생각하는 것은 정말 어리석은 일이다.

내가 후손들에게 물려줄 수 있는 것은 돈이 아니다. 스스로 재산을 일궈낼 수 있는 능력이다. 그 능력은 자신에 대한 자존감에서 나온다. 자존감은 사랑에서 기인한다. 나는 사랑만이 자손들에게 영원한 자산이 될 수 있다고 생각한다.

발병 후 가족과의 사랑만이 영원하다는 것을 깨달았다. 가족들과 크고 작은 사랑의 추억을 쌓고 싶었다. 지금도 35년 전 가족들과 남한산성에 놀러 갔던 기억이 생생하다. 젊고 튼튼한 청년이던 나는 다섯 살짜리 딸 희정이를 무동 태워서 걸어갔다. 희정이는 넓고 단단한 아빠의 목덜미에 앉아 무서울 것이 없었으리라. 희정이의 작고 여린 두 손을 잡고 걸었던 그날의 기억은 행복 그 자체였다. 몸이 불편하기 때문에 가족과 더 많은 추억을 쌓아야 한다고 생각했다. 그래서 여행을 떠났다.

2011년, 우리 가족은 하와이 크루즈에 올랐다. 오하우 섬, 마우이 섬, 카우아이 섬, 빅아일랜드 섬의 상쾌한 해변에서 파도를 맞으며 스노클링도 하고, 보드도 타면서 신나는 시간을 보냈다. 마우이의 할레아칼라에서 바라본 일출에 내 마음이 벅찼다. 그 빛은 신비롭고, 경외감을 불러일으켰다. 아름다운 산, 바다, 물고기, 바다거북이들 사이에서 가족들에게만 집중하는 시간은 너무 기쁜 기억으로 남아 있다. 평소에는 할 수 없었던 이야기들도 자연스럽게 나눌 수 있어서 더 좋았다. 나는 가족들에 대해서 모르는 것이 너무도 많았다는 사실을 새삼 깨달았다.

2013년, 우리 가족은 지중해 크루즈에 올랐다. 비행기로 터키 이스탄불에 도착한 뒤 크루즈에 승선해 크로아티아의 두브로브니크, 이탈리아의 베니스와 마테라, 그리스의 올림피아, 터키의 이즈미르를 거쳐 이스탄불로 돌아오는 여행을 했다. 말없이 지중해를 가족들과 함께 바라보는 것만으로도 큰 기쁨이었다.

2008년 지중해 크루즈가 떠올랐다. 세계적인 지휘자 주빈 메타가 지휘하는 빈필하모니오케스트라 단원들과 함께 크루즈에 승선하여 식사도 같이하면서 아름다운 음악의 세계에 빠져들었다. 유럽의 역사를 간직한 지중해는 다시 봐도 아름다웠다.

• 온 가족이 함께한 지중해 크루즈.

아이들이 어릴 때 나는 너무 바빠서 함께하지 못했다는 미안한 마음이 있었다. 하지만 희정이는 내게 이렇게 말한다.

"나는 아빠한테 '하지 마라.' '집에 빨리 들어와라.' '공부를 잘해야 한다.'라는 말을 들어본 적이 없어요. '우리 딸이 제일 예쁘다.'고만 하셨어요. 아빠랑 차 타고 여행 다닌 기억이 생생해요. 초·중·고등학교 때 매일 차로 저를 데려다주셨어요. 심지어 초등학교에 교사로 출근할 때도 말이에요. 차 안에서 조용히 말씀하셨지요. '요즘 어떠냐?'고 말이에요. 초등학교 4학년 때였던가? 우리가 여의도 살 때, 아버지가 미국 출장 가셨는데 편지 쓰면서 아빠 보고 싶다고 펑펑 울었어요. 아빠는 내 발표회 때마다 빠진 적이 없어요. 학교, 교회 등 행사 때마다 아빠가 오셨거든요. 특히 대학 시절 친구 넷이랑 작은 강당을 빌려서 노래 발표회를 한 일이 있었어요. 그때 아빠 혼자 축하 화분을 들고 여학생들로 가득 찬 청중들 사이에 청일점으로 홀로 앉아 계셨어요. 아빠는 언제나 제 그늘이 되어주셨어요."

딸의 기억 속에 소소한 이야기들이 내게는 소중하고, 고맙게 느껴진다. 아들들에게는 미안한 마음이 앞선다. 엄한 아버지 밑에서 자라다 보니, 나는 아들들과 관계를 어떻게 맺어야 하는지 잘 몰랐다. 홍식이와 내가 한 번 부딪친 일이 있었다. 그날 홍식이는 이렇게 소리쳤다.

"그럼 어떻게 하란 말씀이세요?"

방문을 세게 닫아 버렸다. 그 순간 나는 도대체 어떻게 해야 할지 몰라서 눈물만 흘렸다. 회사가 부도나서 화의신청을 했을 때도 씩씩하게 버텼지만, 자식이 닫아 잠근 문 앞에서는 망연자실한 심정이었다. 아들에게 더 좋은 아버지가 되고 싶어서 '아버지학교'에서 좋은 아버지가 되는 법을 공부하기도 했다. 가슴을 담은 사랑과 이해만이 우리를 하나로 엮어준다는 것을 몸으로 경험해야 했다.

• 아버지학교 졸업식 날.

2014년 8월에 가족들과 푸껫에 가고, 2016년 1월에는 일본 후쿠오카를 방문했다. 내 병세는 더 악화되었지만, 가족들과 함께하는 여행을 놓치기는 싫었다. 몸은 불편해도, 나와 함께했던 좋은 기억들을 자손들에게 물려주고 싶었기 때문이다.

• 손녀 주아 돌잔치날.

나는 평생 가족보다 사업에 더 많은 시간을 썼다. 가족들에게 미안한 마음이다. 가족들에게 내 사랑의 마음을 충분히 표현하지 못했다. 나는 가족들에 대한 마음으로 가득했지만, 표현에는 인색했다. 그런 나를 이해해주고 잘 자라준 우리 아이들에게 고마울 따름이다. 내 삶을 정리하는 마당에 희정이, 홍식이, 대영이에게 용기를 내어 고백하고 싶다.

"너희들과 함께한 시간이 내게는 가장 소중한 시간이었다. 사랑한다!"

• 회갑날 가족들의 축하를 받으며.

사랑하고 존경하는 아빠께

 사랑하는 아빠, 회갑 생신을 진심으로 축하드려요.

 이렇게 기쁜 아빠의 생일날 온 가족이 모여 아빠의 생신을 축하
드리니 마음이 한없이 기쁘군요. 제 기억 속에는 할아버지 회갑 잔
칫날이 아직도 남아 있는데 벌써 아빠의 환갑을 맞이하는 걸 보니
세월이 정말 빠른 것 같아요.

 그 빠른 시간 동안 아빠는 참 많은 일들을 하셨지요. 지금 세계
의 기업으로 우뚝 선 다산을 보면 아빠의 삶의 자취에서 얼마나 피
나는 노력을 하셨는지를 느낄 수 있어요. 홍식이와 대영이가 아빠

가 평생을 일궈오신 다산에서 열심히 노력하고 회사 경영에 힘을 쏟고 있는 걸 보면 우리 가족들의 터전을 일궈오신 아빠가 정말 자랑스럽답니다.

요즘은 life 0.7 이론이라는 게 있대요. 실제 나이에 0.7을 곱해서 자신의 나이를 계산하여 삶의 자세에 임해야 한다는 이론이라지요. 그 이론으로 계산하면 아빠의 나이는 이제 42이시네요. 아빠는 언제나 꿈을 꾸고 그걸 이뤄 나가시는 노력을 하시는 분이시니까, 앞으로도 언제까지나 아빠 마음속에 꿈을 안고 사실 거라 믿어요. 그 꿈 중에 아빠의 건강과 몸을 최선으로 이루시고자 하는 꿈도 있었으면 좋겠네요. 이제 정말 아빠의 건강 관리가 우리 집에서 너무나 중요한 과제 중의 하나이니까요.

아빠를 아빠로 만나게 된 저는 얼마나 행복한지 모른답니다. 어렸을 때부터 아빤 항상 사업 일에 바쁘셨지만, 지금까지도 저의 기억 속에 아빠가 필요하다고 느끼는 시간에 아빠가 안 계셨던 적은 없었던 것 같아요. 그렇게나 바쁘셨던 아빠가 제가 아빠와 함께 있고 싶은 시간에 항상 저의 곁에 계셨기에 아빠의 사랑에 목말랐던 적이 한 번도 떠오르지 않는 게 참 신기하게 느껴지네요.

아빤 제가 어려서부터 언제나 제가 무대에 서는 곳에는 아무리 바쁜 일이 있어도 항상 함께해주셨지요. 초등학교 때 교회에서 잔치가 있거나 학교에서 학예회가 있을 때, 중학교 때나 고등학교 때 심지어는 대학교 축제 때 친구들끼리 하는 공연에서도 아빠가 오셔서 절 놀라게 하셨었지요. 그때 저희 대학 교실에는 남자이고 어른인 사람은 아빠밖에 없어서 제 친구들은 교수님이 공연을 보러 오셨나보다고 착각을 할 정도였지요. 어떤 자리에서도 언제나 절 자랑스러워하시며 그 자리에서 뿌듯하게 절 바라보시는 아빠의 모습에서 항상 전 아빠의 사랑을 느낄 수 있었지요. 또 언제나 절 자랑스럽게 생각하시는 모습에서 저도 항상 기뻤답니다. 아빤 어떤 자리에서도 누구 앞에서도 절 자랑스럽게 생각하시고 자랑하길 좋아하시지요. 그런 아빠 덕분에 전 제 자신을 사랑하는 건강한 사람으로 자랄 수 있었다는 걸 다시 한 번 느끼게 되네요.

아빠! 회갑이 지나 앞으로 아빠의 삶이 진정한 안식과 평안과 기쁨이 있는 삶으로 채워지시길 간절히 간절히 기도드려요. 앞으로 아빤 저와 홍식이와 대영이의 지혜 있는 조언자로서 저희의 삶의 누구보다 든든한 후원자로서 무엇보다 저희의 자랑스러운 부모님으로서 그 자리에 오래오래 계시기를 기도합니다. 사랑해요. 아빠.

2007년 9월
아빠의 회갑을 축하드리며
딸 희정 올림

사랑하는 아버님께

　결혼 전에 아버님을 바라보는 제 마음은 경이로움이었습니다. 다른 사람들이 중국의 성장 가능성을 간과하던 1980년대에 중국에 회사를 개척할 비전을 품고 그 비전을 현실로 실현하신 아버님, 항상 책을 가까이하시고 매주 강의를 경청하시면서 항상 공부하시는 아버님, 주위 사람들에게 먼저 베푸시는 아버님을 보면서 참 대단하신 분을 장인으로 모시게 되었다고 생각했습니다.

　하지만 결혼 후에 가까이서 보는 아버님의 모습은 결코 화려하지 않았습니다. 항상 무엇인가를 골똘히 고민하고 계시고, 시시각각 발생하는 다양한 사건과 사고에 대처해야 하는 경영자의 운명을 지켜보면서, 안타까운 마음이 들더군요. 성실하게 일에 몰두하는 황소처럼 인생의 짐을 묵묵히 지고 가시는 아버님의 삶의 무게가 저에게까지 다가왔으니까요.

　요즘에 아버님은 인생의 아름다운 과실을 만끽하고 계시는 것 같아요. 전에 아버지의 등을 짓누르고 있던 책임의 짐들이 홍식이와 대영이에게 많이 넘어갔기 때문일까요? 아버님은 다양한 사람들을 만나시고 색다른 경험을 추구하시면서 인생을 즐기고 계시다는 생각이 듭니다. 뿌린 대로 거두리라는 성경 말씀대로 젊은 날에 수고롭게 씨를 뿌리셨기에 환갑에 이르러서는 풍요로운 열매를 거두고 계시는 것이겠지요. 아버님처럼 인생의 여유를 누리기 위해서는 저희도 젊은 날에 더 많은 땀을 흘려야 하겠지요.

올해 들어서 아버님과 대화를 나눌 시간이 부쩍 더 늘었던 것 같습니다. 제가 로펌 5년 생활을 마무리하면서 유학을 가야 할지, 아니면 다른 직장으로 옮겨야 할지, 제 자신의 사업을 영위할지 고민하던 시기에 아버님은 누구보다도 더 제게 실제적인 도움을 주셨지요. 아버님께서는 제게 고민에 대한 답을 주려고 하지 않으시고 문제 해결을 위한 가장 핵심적인 질문을 던져 주셨지요. 그런 탁월한 질문이 없었다면 좋은 해결책이 나올 수 없었을 것입니다. 자신의 로펌을 경영하고자 첫걸음을 내딛는 제게 아버님의 경험과 지혜는 가장 가치 있는 자산입니다. 아버님은 비즈니스에 관하여 가장 훌륭한 멘토이신 것이지요. 저희 부모님도 아버님의 그런 가치를 너무나도 잘 아시기 때문에 제게 항상 장인어른과 상의해 보았는지 장인어른의 생각은 어떠신지 물어보십니다.

아버님의 환갑잔치에 저도 이런 질문을 던져봅니다. 아버님 인생 후반전이 더 윤택하고 아름답기 위해서 무엇이 필요할까요? 인생의 지혜도, 풍부한 자산도, 건강한 몸이 없다면 아무런 의미가 없겠지요. 몸에 좋은 음식을 드시고 몸에 해로운 음식을 자제하시고 늘 운동하시기를 부탁드립니다. 더 멋진 인생의 후반전을 위해서 건강한 몸을 관리하시기를 간절히 바랍니다. 부디 건강하게 오래오래 저희 곁에 계시기를 기도드립니다. God bless you!

2007년 9월 10일

아들 같은 사위 현욱 올림

사랑하고 존경하는 아버지께

우리 가족 모두의 마음을 모아 아버지 환갑을 진심으로 축하드려요. 아버지께서 우리 가족의 가장이셔서 너무 기뻐요. 저는 얼마 전까지만 하더라도, 제가 이 세상에서 가장 잘난 사람이라고 착각하면서, 제 나름의 잣대를 가지고 아버지를 판단하는 교만의 시기가 있었어요.

하지만 저는 아버지와 함께 일하면서 아버지의 재능과 열정이 얼마나 대단한지, 제가 정말 큰 축복을 받았는지, 제가 아직 많이 부족한 사람인지를 깨닫게 되었습니다. 이젠 아버지를 더욱더 닮고 싶습니다. 아버지의 아들로 태어난 저는 정말 운수 대통한 사람입니다.

친구나 회사 동료들이 제게 동년배에 비해 폭넓은 시야와 경영 마인드를 가졌다는 이야기를 하곤 합니다. 그럴 때마다 저는 이렇게 말하곤 하지요. "나는 수십억을 주고도 고용할 수 없는 최고의 비즈니스 과외 선생님이 있다."고 말이에요. 아버지는 저의 영원한 멘토이십니다. 저와 대영이에게는 항상 내면에서 깊이 정련된 회사 경영의 원칙들을 아버지로부터 배웠기 때문입니다. 제가 처음 스물 여섯 살 때 중국에 가서 혼자 사업을 시작할 때에도 아버지께서는 머나먼 중국의 시골, 이우까지 비행기와 자동차를 수차례 번갈아 타면서까지 자주 방문해주셨지요. 그 어려웠던 시절에 아버지의 발걸음은 제게 큰 위로와 힘이 되었지요. 그 자리에서 아버지께서 저를 지켜봐 주시지 않았다면, 지금의 제 모습은 상상도 할 수 없을 거예요.

아버지는 평생을 사업에 몰두해오시면서도 가정에 항상 충실하셨습니다. 아버지는 우리 가족, 가문, 회사의 기둥이십니다. 우리들이 흔들리거나 쓰러지지 않도록 그냥 그 자리에서 묵묵히 서 계셨지요. 아버지 가문의 장손으로서도 자신을 내세우지도 않으면서 묵묵히 자신의 일을 해오셨습니다. 아직도 자기를 내세우기를 좋아하는 저로서는 그런 아버지의 모습을 닮고 싶습니다.

아버지는 참 많은 장점을 가지신 분이십니다.

아버지는 넉넉한 마음을 가지면서도 검소하게 생활하십니다. 사치와 화려함을 경계하면서도 본질이 무엇인지에 더 깊은 관심을 두십니다. 작은 돈을 사용하시면서도 그것이 정말 필요한지를 고민하곤 하시지요. 그렇다고 아버지가 스크루지와 같은 구두쇠라는 이야기는 아닙니다. 지역사회의 발전이나 문화 사업을 위해서는 돈을 아끼지 않으시니까요.

아버지는 항상 과거, 현재와 미래의 균형을 추구하십니다. 아버지는 깊은 역사에 대한 이해를 바탕으로 미래를 예측하시면서도 현실에 충실하시니까요. 항상 청년 같은 마인드를 유지하면서도, 단순히 사회적인 성공에 함몰되지 않고, 가정, 신앙과 같은 영역에서의 행복까지 바라보십니다.

아버지의 삶은 역설의 미학으로 가득 차 있습니다. 무덤덤한 듯하면서 따뜻하고, 신랄한 비판자인 듯하면서도, 아낌없는 후원자시고, 시대를 앞서는 몽상가인 듯하면서도 냉철한 현실주의자이시니까요. 아버지는 모든 현상을 자신만의 독특한 시각으로 분석적으로 보시기 때문에 자신의 주장에 몰두한 사람들에게 아버지는 단순한 반대자나 이단자로 비치기도 하지요.

하지만 이렇게 아버지를 단순한 이단자로 보는 사람들은 아버지의 다른 면을 간과하고 있는 듯합니다. 아버지께서는 독특한 시각으로 진실하고 정직한 자세로 인생을 진지하게 사는 사람들을 찾아내는 능력을 가지고 있기 때문이지요.

정직하고, 성실하고, 진실하게 인생을 사는 사람들을 발견하게 되면, 아버지는 그런 사람들에게 합당한 존경을 표시하고, 그들의 성공을 위해서 지원을 아끼지 않으시지요.

우리 두 아들은 누구보다 아버지의 혜택을 많이 본 사람들이겠지요. 어리고 부족한 저희들이 미진하나마 사업가로서 사회생활을 시작하게 도와주셨으니까요. 또한, 많이 잠재력과 저력을 가진 회사에서 열정을 가진 많은 동료들과 일하는 기회를 주셨으니까요.

사실 혜택으로 말하자면, 누나도 만만치 않겠지요. 매형처럼 따뜻하고 탁월한 사람과 결혼했고, 아버지의 든든한 후원 속에 행복한 인생이 보장되었지요. 어머니는 세상에 복이 아무리 많다 해도 희정이처럼 복 많은 사람은 처음 봤다는 말을 입버릇처럼 하시지요. 그 복 많은 인생은 아버지의 따뜻하고 과묵한 보살핌과 하나님의 계획 안에서 이루어진 것 같아요.

어머니는 가끔씩 아버지에게 투정 아닌 투정을 하시지만, 우리

남매나 혹은 다른 사람이 아버지에게 조금이라도 안 좋은 소리를 하거나 서운한 소리를 하면서 누구보다 거세게 아버지의 편으로 돌아서시지요. "그래도 세상에 아버지 같은 분이 어디 있느냐?" 하면서 말이지요. 어머니는 지금도 소녀 같은 마음으로 아버지를 사랑하시는 것 아시지요?

우리 가족들은 항상 아버지 같은 분을 남편으로, 아버지로서, 장인어른으로 갖게 된 것은 큰 축복이자 대단한 행운이라고 생각합니다. 우리 아버지의 회갑을 맞이하여 뜨거운 사랑과 무한한 존경, 가슴에서 우러나온 감사와 신뢰를 담아 축하드립니다. 사랑합니다.

아버지의 회갑 날
장남 홍식 올림

사랑하는 아버지께

오늘은 아버지의 64번째 생신이시네요. 생신을 정말 축하드리지만, 1년이 벌써 지나 나이를 한 살 더 드셨다는 사실은 차마 축하할 수가 없네요.

벌써 아버지가 예순넷이라는 사실이 믿기지 않지만, 저도 하키 채를 들고 빙판을 누빌 때가 엊그제 같은데 벌써 대학을 졸업해서 사회에 나온 지 10년째가 되는 거 보면 정말 세월이 빠른 것 같아요. 세월이 빠르다는 것을 아버지를 보면서 더 느끼고 있어요. 아직도 할 일이 많고, 더 많은 것을 하고 싶으시고, 더 열심히 하고 싶으신 모습을 강하게 느낄 수 있는데, 계속 늙어 가시는 모습을 보면 마음이 안 좋아요. 전 아버지를 보면서 세상을 알게 되고 세월이 지나면서 험난한 세상 속에서 버티시는 아버지의 위대함을 더 느끼고 있어요.

아버지, 저는 세상의 양면성과 인간의 본질, 아버지의 철학 그리고 아버지가 세상을 보는 눈이 얼마나 정확하고 날카로운지 잘 알고 있어요. 그런 것들 때문에 한 번도 큰 사기를 당하지 않으시고 꿋꿋하게 큰 사업채를 이끌어 오실 수 있는 원동력이었던 것도 알게 됐고요. 때로는 아버지가 그런 눈으로 자식인 저희들을 바라보실 때에 대한 불만의 편지를 보내 아버지의 마음을 아프게 해드린 적이 있지요. 하지만 그런 불만도 복에

223

겨워서 아버지에 대한 큰 사랑과 감사 안에서 나온 일종의 투정인 셈이죠.

저는 아버지가 저를 세상에 있게 해주시고 이렇게 길러주신 부분이 한없이 감사하지만, 특히 감사한 부분을 꼽자면 위에서 말씀드린 아버지의 그런 탁월함과 경험을 아버지에게 배웠고, 앞으로도 더 많이 배울 수 있어서입니다.

근데 아들은 유전적으로도 아버지의 장점과 단점도 같이 닮아 버리는데, 특히 저희처럼 사업가의 2세로서 회사에 들어와서 많은 시간을 보내고, 아버지의 의사 결정하는 모습을 보면서 점점 똑같아지는 것을 느낍니다. 요즘은 제 모습을 보면서, 유전자가 이렇게 닮은 건지 최근 10년간 이렇게 닮아버린 건지에 대해서 계속 생각하게 됩니다. 회사를 이끌어가는 모습이나 가정에서는 아버지와 똑같이 생각하고 말하는 제 자신을 보면서 깜짝깜짝 놀랄 때가 많아요. 아버지의 장점을 닮아가는 것은 기분 좋은 일이지만, 때론 단점까지 똑같이 닮아버릴 때는 아버지의 아들로서 한계를 느낄 때도 있네요. 그렇지만 역시 아버지는 단점보다는 장점이 비교할 수 없을 정도로 많고 그 장점이 워낙 뛰어나서 저는 아버지를 존경하고 사랑합니다.

또 아버지가 이끄시는 가정의 울타리 안에서 저희들은 한 번도 불안감을 주지 않으셨어요. 가정적으로나 사업적으로나 심리적으로 아버지는 항상 그 자리에 계셨고, 사업을 하면서 있으

셨을 금전적·심리적 어려움을 혼자 묵묵히 감당하셨기에 저희
들은 불안감 없이 그저 저희 자리에서 열심히 공부하고 자기 일
만 열심히 하면 되는 환경이었죠.

아버지는 점점 더 나이가 들어가시고 사업은 더 복잡해지고
어려워지고 있어요. 특히 제조업은 예나 지금이나 고생되고 밝
은 미래가 없다고 하죠. 하지만 저희 가족과 직원들은 항상 아
버지를 믿고 큰 버팀목으로 생각하고 있어요. 언제나 긍정적인
생각으로 건강하게 우리와 함께 오래오래 사시실 기도 드립니
다. 솔직히 지금은 제가 아버지께 효도하고 싶은데 무엇을 아버
지가 좋아하고, 어떻게 효도를 해야 하는지 잘 모르겠어요. 전
그냥 아버지께 가정과 사업 부분에서 실망시켜 드리지 않은 것
이 가장 큰 효도라고 생각하며 아버지의 생신날에 그 약속을
드릴게요. 하지만 나중에 저와 아버지가 더 나이가 들었을 때
정말 효도다운 효도를 해드리고 싶으니, 오래오래 저희 곁에 있
어 주세요.

2011년 8월 30일
너무나 감사하고 사랑하는 아버지의 64번째 생신날
막내 대영 올림

잊혀진 역사를 찾아서

우리는 '행당 윤복'이란 이름에 익숙하지 않다. 그분의 주목할 만한 업적에 비해, 그 이름은 너무 감춰져 있었다. 그 이유는 행당공의 큰 손자였던 윤유겸이 이이첨의 인목대비 폐비 상소에 가담한 데서 비롯되었다. 이후 인조반정이 일어나 광해군이 폐위되어 정치 상황이 반전되자 윤유겸의 할아버지인 행당공의 이름도 역사에서 지워져 버린 것이다. 그 이름을 언급하는 것이 금기가 된 것이다. 하지만 해남 윤씨 행당공파 시조인 행당공 할아버지의 삶은 이제 역사에 복권되어야 한다. 그분은 삶 자체로 우리 모두에게 깊은 감동의 여운을 남기는 힘이 있기 때문이다.

행당공은 어초은공 윤효정의 아들로 태어났다. 윤효정은 연산군 7년에 스물여섯 살의 나이로 생원시에 급제했지만, 평생 관직에 나가지 않았다. 하지만 그는 높은 학식을 갖췄을 뿐만 아니라 넓은 마음으로 주위에 덕을 베풀었다. 흉년으로 세금을 못 내 갇힌 수백 명의 백성들을 위해서 세금을 세 번이나 대납했다. 그는 자신의 부를 나눔을 위해 썼다. 그러나 이러한 선행 때문에 해남 윤씨 가문은 선을 쌓는 집안이라는 명성을 얻었다.

이런 부친은 해남 대부호의 딸인 초계 정씨와의 사이에 4형제를 낳았는데 행당공은 막내였다. 맏형인 귤정공 윤구는 막냇동생의 스승이기도 했다. 행당공은 6세 때 글을 배웠다. 9세 때는 『전한서(前漢書)』를 외우고, 12세에 『논어(論語)』와 『맹자(孟子)』를 독학했다. 13세에 불과 6개월 만에 『시경(詩經)』 300편을 쓰고 외웠으며, 15세 때에 『주역(周易)』을 통달하고 사서오경 등을 섭렵했고, 17세에 이르러서는 맏형인 귤정공 앞에서 토론할 정도가 되었다고 한다. 이렇게 공부한 행당은 23세에 생원시에 합격하면서 성균관에 들어가 학유(學諭, 종9품 벼슬), 학록(學錄, 종9품 벼슬), 학정(學正, 정8품 벼슬), 박사(博士, 정7품 벼슬)로 승격했고, 성균관, 예문관, 교서관, 승문원 등 4관등 내직에서 두루 일했다.

행당공이 처음으로 백성들의 어려움을 접한 것은 부안현감으로 제수받은 36세 때였다. 이 해는 흉년이 들어 나라 안에 굶어 죽는 사람들이 많았다. 행당공이 현감으로 있는 부안현은 가난한 사람들을 정성스레 구휼하여 백성들로부터 칭송받았다. 가난한 백성을 위해서는 번거로움을 마다치 않는 따스한 관리였다.

하지만 권력자들의 청탁에 대해서는 누구보다 단호했다. 행당공이 부안현감으로 근무하던 당시 현청에서 쓸 큰 배를 건조했다. 당대의 권력자인 정승 이기(李芑)는 그 배를 자신에게 달라고 세 번이나 편지를 보냈다. 하지만 그는 이를 거절했다. 주변 사람들은 행당공이 큰 화를 입을까 걱정했다. 막상 행당공 자신은 그런 위협에 굴하지 않았으며 이렇게 말했다.

"죽고 사는 것과 곤궁과 영달이 모두 하늘에 달려 있으니, 정승이기라 해도 나를 어떻게 하지 못할 것이다."

또 판서 송세형이 사적으로 청탁하자, "재상은 밝고 깨끗한 마음을 가져야 한다."고 답장을 보냈다. 『조선왕조실록(朝鮮王朝實錄)』 책훈록(策勳錄)도 이런 청렴함을 높이 평가해서 "윤복은 성품이 정직하고 절개가 굳었다."고 말하고 있다.

그가 예조정랑으로 있을 때 정4품 세 사람이 의기(醫妓)와 자주 어울려 문제가 된 사건이 있었다. 행당공은 고위 공직자들에게 여섯 차례 경고를 하고 이를 무시하자 의정부로 소환하여 이들의 비리를 꾸짖었다고 한다. 그 공정함에 당사자들도 이의가 없었다고 한다.

행당공이 낙안군수로 재직하던 당시인 1555년 왜구들이 5월에 70여 척 선박들을 타고 와 전라도 연안을 침략하는 을묘왜변(乙卯倭變)이 일어났다. 전라 병사와 장흥 부사는 전사하고, 영암군수는 포로로 잡히자, 어느 수령도 이들과 싸우려 하지 않고 도망가기에 급급했다. 변방의 경계선이 뚫리자 왜선들은 보름 동안이나 전남 일대 바닷가를 노략질했다. 그러한 왜구들이 두려운 것 이상으로 수령들의 무능함과 무책임도 심각했다. 백성들은 불안해서 어디에 의지할 곳이 없었다. 그러나 행당공이 다스리는 낙안읍은 평온했다. 행당공이 엄격하고 바르게 성벽을 단속하고, 무기를 관리하는 한편, 앞장서서 백성들을 격려하며 질서 있게 통솔했기 때문이다. 한산군수 겸 춘추관 편수관으로 일하는 동안에도 백성들을 부모처럼 돌보고, 검소하고, 공정한 업무 처리에 변함이 없었다.

이후 광주 목사와 여러 내직을 거쳐 54세에는 안동부사가 되었다. 이때 안동 도산서원의 퇴계 이황을 찾아 교류하기 시작했다. 퇴계는 도산서원에서 주자를 깊이 연구하고, 후학을 길러내는 데 힘을 쏟고 있었다. 문과 급제로 보면 퇴계는 행당의 4년 선배였고, 행당의 맏형인 굴정공은 퇴계의 선배였다. 공무를 보는 틈틈이 시간이 날 때마다 반나절 거리에 있는 퇴계를 찾아가 진지한 이야기를 나누었다. 퇴계 선생님은 행당공 할아버지를 '진유아인(眞儒雅人)'이라고 불렀다. '진정 아름답고 우아한 선비'라고 존중했던 것이다. 이렇게 영남 지성과 호남 지성의 만남이 이뤄졌다. 행당공은 세 아들인 강중, 흠중, 단중과 생질 문위세를 퇴계의 제자로 보내 퇴계에게 배우게 했다. 퇴계는 학업을 마친 세 아들들을 돌려보내면서 행당에게 다음과 같은 칠언율시(七言律詩)를 지어 보냈다.

주자 문하의 공부는 박문(博文)과 약례(約禮) 두 가지,
모든 성현의 연원이 깊은 뜻 여기 이르러 밝혀졌네.
진중한 서찰에는 지극한 가르침이 담겨 있는데
정미한 그 심법은 제현보다 앞서서 말하였네.
온 힘을 다 쏟았으나 머리만 희어진 나를 한탄하다가
공부를 이루어 저서를 낸 그대를 보고 감탄하였네.
다시금 여러 자제를 보내어 우매한 견해를 물으니
병중에 인정을 저버렸음을 새삼 깊이 깨달았네.

이에 행당이 퇴계에게 보낸 답시가 있다. 그 시의 내용은 다음과 같다.

남으로 내려온 우리의 도 큰 공정이 되었는데
가르침이 순순하여 의리가 밝혀졌다.
옛 연원 쫓아가니 같은 길로 이어져서
당시의 모범들이 뭇 영재들로 나타났다.
늦게 남아 오래 사귄 것과 같이 참마음을 증명했고
기이하게 모든 것이 새로워짐을 만나 눈을 씻고 보니 푸르더라.
박문약례(博文約禮) 글귀 중에 진중한 말씀이 있어
주자 문하의 그 자취에 깊은 뜻을 깨닫더라.

퇴계 선생님과 행당공 할아버지는 27편의 서신을 주고받았고, 퇴계는 강중 형제에게 6편의 편지를 주었다. 행당공이 안동 부사로 발령받은 것이 계기가 되어 퇴계 선생님의 학문이 경상도 일대를 넘어서 호남 일대에까지 널리 퍼지게 되었다. 그 후 퇴계학(退溪學)은 전국적인 영향력을 얻게 된다.

행당공은 56세에 병환으로 관직을 사임한 뒤에도 학문에 정진했다. 그 후에 다시 관직에 나가 교리, 장령, 사간, 집의 등 논란의 중심에 설 만한 내무 관직을 수차례나 수행했다. 그만큼 사심 없이 공평하고, 정직하며, 신중한 사람을 찾을 수 없었기 때문이다. 그는 조작된 논공행상을 밝혀내는 특별검사의 역할도 수행했다. 62세에 승정원형방승지로 근무하는 동안에는 노구를 이끌고 사건의 진실을 찾기 위해 광범위한 조사를 수행하며 책임을 다했다. 통정대부 충청도 관찰사의 직을 마지막으로 긴 목민관의 여정을 마쳤다. 병든 노구를 이끌고 고향으로 돌아온 뒤로는 조용히 주자학을 연구했으며, 66세에 별세했다.

행당공 할아버지의 삶은 도(道)를 따르고, 의(義)를 실천하는 여정이었다. 다산 선생님의 『목민심서』에 언급된 참다운 목민관의 길을 걸은 분이 행당공 할아버지다. 어린 시절에 학문에 정진했으며, 중년 이후에는 학문과 인품으로 나라와 백성을 섬기는 삶을 사셨다. 사리사욕에 사로잡히지 않고, 부당한 권력에 휘둘리지 않으며, 공명정대하게 공무를 집행했다. 지식이 덕에 이르지 못하는 이 시대에 행당공은 마땅히 본받아야 할 이 시대의 모범이다.

나는 행당공파 7대손인 것이 매우 자랑스러웠다. 그래서 윤재명 전 국회의원이 주도하여 추진한 행당공 탄생 500주년 기념사업에 적극적으로 참여했다. 2011년 초부터 뜻있는 종친들과 함께 '행당 윤복 선생 탄신 500주년 기념사업회'를 만들어 퇴계, 서애, 하계 문중을 찾아다니며 공부도 하고, 학자들에게 학술적인 연구를 의뢰했다. 영상제작위원장을 맡은 윤영관 종친의 주관으로 학봉 종가, 명옥대, 도산서원, 퇴계 종가 등을 찾아다니며 행당 영상자료를 만드는 등 열심히 준비한 결과 2012년 6월 7일 서울 중구 구민회관 대강당에서 '제1차 행당 탄신 500주년 학술강연회'를 열고, 7월 6일에 강진에서 '제2차 행당 탄신 500주년 학술강연회'를 열었다. 나도 학술강연회에서 기념사업이 이루어진 과정을 발표하면서 후손들이 한마음으로 자신의 책임과 의무를 하자는 마음을 전했다. 이후 12월에 제각(祭閣)이 있는 용흥리에 기념비, 귤동마을에 행당, 퇴계 시비를 세웠다. 그리고 다음 해 초에 행당의 연보와 글, 퇴계 이황이 행당에게 준 칠언율시, 그리고 행당의 유고와 신도비 내용, 학술논문과 백서를 묶어 기념집을 냈다. 특히 제2차 행당 탄신 500주년 학술강연회 때에는 호남 지역 선비를 기리는 행사에 도산서원선비문화수련원 김종길 원장을 비롯하여 80여 명의 영남 지역 사람들이 함께함으로써 안동부사로 재직하며 퇴계와 교류했던 행당공이 영호남 화합의 상징임을 보여주었다.

• 행당 윤복 탄신 500주년 기념식.

'행당 윤복 탄신 500주년 기념 학술대회'는 안동부사로 임직했던 행당공 할아버지가 퇴계 이황과 교류하고, 호남의 젊은 인재를 퇴계의 문하에서 공부하게 함으로써 동인(東人)의 퇴계학을 남인(南人)의 실학(實學)으로 계승하게 했다는 사실을 학술적으로 입증하는 의미 있는 자리였다. 할아버지의 삶을 통해서 배움이 없이는 구체적인 삶을 살 수 없고, 지식은 마땅히 실천으로 이어져야 하며, 자신의 한계를 뛰어넘어 더 넓은 세계로 자신의 지평을 넓혀야 함을 깨달았다. 이런 가르침이 다산 선생님의 실학사상(實學思想)에까지 이어진 것이었다. 500주년 기념

다큐멘터리의 마지막 말은 우리 해남 윤씨 행당공파 종친들의 마음이 고스란히 녹아 있다.

"행당 윤복 500주년 기념행사가 모두 막을 내렸다. 그러나 그것은 끝이 아니라, 새로운 시작이었다. 행당 윤복의 정신을 재발견한 우리는 아름다운 사람, 젊은 선비를 가슴마다 품었기 때문이다. 그것은 우리 모두에게 삶의 푯대이고 이정표가 될 것이다."

2012년 7월 6일 아침 10시, 영모당(永慕堂)에서 우리 해남 윤씨 행당공파 문중 사람들의 고유제에 윤무지 해남 윤씨 중앙종친회장, 윤재명 전 국회의원, 윤돈하 화수회 회장을 비롯한 우리 문중이 한자리에 모여 행당공 할아버지의 선한 삶이 널리 알려지기를 기원했다. 나 역시도 그 자리에서 고개 숙여 절하면서 행당공 할아버지의 뜻을 마음에 되새겼다.

내게 이 사업에 참여하자고 처음으로 제안하신 분은 행당공의 14대손 재곤 아저씨였다. 아저씨는 우리 선조인 행당공이 당쟁이 심했던 조선 시대에 당파와 관계없이 30년 동안이나 공직 생활을 한 청백리이고, 퇴계학을 전라도 서남부에 전파하여 영호남 교류의 모범이 되신 분인데 저평가되어 있으니 우리가 그분의 삶을 재조명하여 세상에 알려야 한다고 내게 역설하셨다. 그 말씀 덕택에 내가 마음으로부터 따르고 존경할 수 있는 조상을 재발견하게 되었으니 감사한 일이다.

배움과 행동이 일치하는 행당공 할아버지의 삶이 우리 후손에게도 이어지길 바란다. 역사의 이면에 감춰져 있는 행당공이라는 원석을 찾아낸 것은 큰 기쁨이었다. 내 삶을 마무리 짓는 이 시점에 우리 후손들이 자신의 경계를 뛰어넘어 새로운 통합의 시대를 열고, 모든 분야와 지역을 아우르는 융합형 리더로 성장하기를 당부한다. 행당공 할아버지는 그 여정에 든든한 이정표가 되어주실 것이다.

고통은 나를 새로운 세계로 인도하는
통로였고, 축복의 다른 이름이었다!

　나는 꿈을 꿨다. 그 꿈은 좌절되기도 했다. 하지만 그 꿈을 이루기 위해서 어떠한 어려움에도 굴복하지 않았다. 어떤 때는 과감하게 내린 결정들 때문에 대가를 치러야 했다. 개성공단 투자 실패는 아직도 아픈 상처로 내 마음에 남아 있다. 중국 투자를 과감하게 마무리하지 못해서 큰 대가를 치러야 했다. 그 결정은 큰 오점으로 남았다.

　하지만 주변에서 미쳤다고 비웃었던 결정들이 지금의 다산을 만들었다. 내가 중국에 공장을 짓겠다고 했을 때, 이를 반기는 사람은 중국 정부 외에는 아무도 없었다. 돈키호테식 행보라고 비난받았지만, 과감한 중국 투자가 지금의 다산을 만들었다. 그 판단은 내 인생에서 가장 잘 내린 결정이었다. 또한, 베트남에 사업 부지를 구입했을 때, 현지 사업가들 외에는 누구도 내 결정을 지지하지 않았다. 하지만 베트남 투자 때문에 지금 다산은 새롭게 도약할 가능성을 가지고 있다. 중국, 개성의 사업 가능성이 차단된 상황에서도 새롭게 도약할 기반을 확보한 것이다.

　나는 다산 선생님의 뜻을 가슴에 품고 살고자 했다. 냉정한 적자생존의 원리가 지배하는 정글과 같은 기업 세계에서 그 뜻을 그대로 유지하는 것은 어려운 일이었다. 하지만 그런 마음 자세가 있었기에 소박하고, 검소하며, 진실하게 살고자 노력할 수 있었다. 기회가 있을 때마다 의미 있는 공익사업과 배움에 돈과 시간을 투자한 것은 참으로 잘한 일이라는 생각이 든다. 다산 선생님, 행당 윤복 할아버지, 윤종진 할아버지의 가르침이 내게만 머무르지 않고, 후손들에게도 전달되기를 간절히 바란다. 아마 다산 선생님과 할아버지들의 가르침이 없었다면, 나는 돈에 의해서 좌우되는 비인간적인 장사꾼으로만 남았을지도 모른다. 그분들의 가르침은 내 삶의 이정표가 되었고, 나는 그 길을 따라 여기까지 왔다.

아버지에게는 고마움과 서운함이 교차했다. 내 삶을 마감하는 지금에 와서야 아버지를 이해하고, 용서할 수 있을 듯하다. 이제 그 마음의 앙금을 떠나보낸다. 나를 항상 품어주던 어머니의 따스한 품은 평생 잊을 수 없는 아름다운 기억으로 남아 있다. 나와 결혼하여 수많은 어려움을 극복해야 했던 아내 최귀재 여사에게 큰 빚을 지고 있다. 고맙고, 미안하고, 사랑한다! 희정이, 홍식이, 대영이는 다산과 함께 내가 이 땅에 남긴 최고의 유산이자 자랑이다. 사랑한다.

내 손자, 손녀들이 살아나갈 아름다운 미래를 그려본다. 예준, 예지, 주아, 예서, 지성이가 더 공정하고, 아름답고, 따스한

대한민국에서 살았으면 좋겠다. 우리 공동체가 다산의 넓은 가
슴으로 모든 사람들을 품는 성숙함을 갖추기 위해 기도 드린다.
다산 선생님과 함께한 시간은 모험의 연속이었다. 나는 배운 만
큼 실천할 수 있었고, 생각하는 만큼 행동할 수 있었으며, 꿈을
품은 만큼 성취할 수 있었다. 부끄럽고, 부족하고, 모자란 삶이
었다. 그러나 나는 내 삶을 사랑한다. 그 흔적들 하나하나를 존
중하며, 의미 있게 받아들인다. 이 자서전이 후대에 다산 선생
님을 따르는 한 기업인의 진실한 자기 고백으로 남는다면 내게
더 이상의 바람은 없을 것이다.

　강진문화원에는 기증자의 이름 밑에 다산 선생님의 명언을
새겨둔 장식이 있다. 내 이름 밑에는 다음과 같은 다산 선생님
의 말씀이 새겨져 있다.

　"성인이 존경받는 이유는 그들이 온갖 어려움과 괴로움을 겪
으면서 도를 알아냈기 때문이다." 나 자신을 감히 성인(聖人)이
라 말할 수는 없다. 하지만 내가 온갖 어려움과 괴로움을 겪으
면서 몸으로 도를 깨달았다는 사실만은 부인할 수 없다. 쉽지
않은 인생 여정을 통해 나는 깨달음을 얻었다. 고통은 나를 새
로운 세계로 인도하는 통로였다. 고통이 축복의 다른 이름임을
내 후손들이 기억한다면 내 삶이 헛된 것은 아닐 것이다.